Onde o Amor Está

Luciana Gritti

Onde o Amor Está

© 2016, Editora Anúbis

Revisão:
Viviane Lago Propheta

Projeto gráfico e capa:
Edinei Gonçalves

Dados Internacionais de Catalogação na Publicação (CIP)
(Câmara Brasileira do Livro, SP, Brasil)

Gritti, Luciana
    Onde o amor está / Luciana Gritti. -- São Paulo: Anúbis, 2016.

    ISBN 978-85-67855-46-2

    1. Ficção brasileira 2. Homossexualidade masculina I. Título.

16-07799   CDD-869.3

Índices para catálogo sistemático:
1. Ficção : Literatura brasileira   869.3

São Paulo/SP – República Federativa do Brasil
Printed in Brazil – Impresso no Brasil

Este livro segue as novas regras do Acordo Ortográfico da Língua Portuguesa.

Os direitos de reprodução desta obra pertencem à Editora Anúbis. Portanto, não é permitida a reprodução total ou parcial desta obra, de qualquer forma ou por qualquer meio eletrônico, mecânico, inclusive por meio de processos xerográficos, incluindo ainda o uso da internet, sem a permissão expressa por escrito da Editora (Lei nº 9.610, de 19.2.98).

Distribuição exclusiva
Aquaroli Books
Rua Curupá, 801 – Vila Formosa – São Paulo/SP
CEP 03355-010 – Tel.: (11) 2673-3599
atendimento@aquarolibooks.com.br

Impressão e acabamento: Mark Press Brasil

Querido Leitor(a)

  Antes de começar sua leitura, gostaria de fazer algumas sugestões para torná-la ainda mais especial, pois acredito fielmente que o AMOR está em tudo e em todos. Não existe um jeito correto de amar. Só existe AMOR e ele transforma, completa, soma...
  Então, deixe seus conceitos e pré-conceitos de lado. Imagine os personagens como uma pessoa que você ama ou já amou. Troque o(s) nome(s) e/ou o gênero se assim desejar. Leia com o coração. Leia com AMOR.
  Eu prometo que essa experiência vai te surpreender.

Sumário

Capítulo 1
A Rotina
11

Capítulo 2
O Almoço
17

Capítulo 3
A Blusa
27

Capítulo 4
A Viagem
31

Capítulo 5
O Primeiro Dia
39

Capítulo 6
A Fuga
45

Capítulo 7
Explicações
53

Capítulo 8
Um Dia Com Ela
59

Capítulo 9
Visita Inesperada
65

Capítulo 10
O Choque
71

Capítulo 11
Segredos
75

CAPÍTULO 12
Surpresa Esperada
81

CAPÍTULO 13
Diversão
83

CAPÍTULO 14
O Embate
87

CAPÍTULO 15
O Passeio
93

CAPÍTULO 16
O Retorno
99

CAPÍTULO 17
A Verdade
103

CAPÍTULO 18
O Reencontro
111

Capítulo 19
De Volta a Realidade
117

Capítulo 20
Ciúmes
123

Capítulo 21
O Convite
133

Capítulo 22
A Despedida
137

Capítulo 23
A Foto
143

Capítulo 24
Decisão
149

Agradecimentos
155

CAPÍTULO 1

A Rotina

A rotina da manhã foi a mesma que mantinha há meses: acordar cedo, sair para correr e tomar seus suplementos. Essa rotina havia rendido um corpo super em forma. Mauro estava magro, mas os músculos haviam sido definidos. Tinha pele bronzeada, cabelos crespos e adotara barba cheia nos últimos anos. Sentia-se com cara de menino quando se barbeava.

Correr estava ajudando a manter a cabeça arejada. O último ano estava sendo repleto de mudanças. Sair da casa dos pais foi uma delas, mas não a mais difícil... Adaptar-se a conviver com a solidão era bastante perturbador. Nas primeiras semanas soube que a solidão estava dentro dele há anos, talvez desde a adolescência. Muitos amigos e morar com os pais só abafavam os gritos que estavam lá.

Por isso corria. Corria todos os dias onde estivesse. Corria dele mesmo, de seus pensamentos, de suas falsas verdades. Porém sabia que não poderia correr para sempre.

Um vazio se instalou dentro dele. Era um buraco infinito. Esse vazio precisava ser preenchido e sabia disso. Porém, nunca se permitiria tomar essa atitude. Seu mundo estava em ruínas.

– Bom dia Sr. Mauro. – Cumprimentou o porteiro ao me ver passar pela portaria e sair para o trabalho. Só acenei. Não estava para muitos amigos ultimamente. Na verdade, percebia que estava me isolando cada vez mais. Tentei lembrar da última vez que fiz um happy hour com amigos. Nada. Nenhuma lembrança recente.

Correr, trabalhar e beber sozinho, eram as únicas atividades ultimamente. O pior era saber que estava fugindo e me isolando cada vez mais. Isso era realmente perturbador. Precisava de ajuda. Precisava colocar tudo para fora antes que explodisse.

Já via sinais dessa explosão na semana anterior na reunião semanal com a equipe de redação.

Capítulo 1 – A Rotina

Paciência nenhuma com os novatos e alta exigência com os veteranos.

"Férias!" – pensei. Talvez se viajasse... Fuga!!!! Novamente estava querendo fugir. – "Para!!!" – pensei mais alto.

Foi roubado de seus devaneios ao chegar na agência. Sua agenda estava lotada.

Ele era sócio de uma nova agência de publicidade. Fora seu sonho por anos. Batalhou muito para idealiza-la. Família contra, amigos a favor. Trabalhou dia e noite para ganhar recursos suficientes para poder dar esse passo. No próximo mês completariam 3 anos. As contas foram crescendo, novas foram sendo conquistadas. Estava satisfeito com essa parte de sua vida. Trabalhava mais de 12h por dia, o que fazia seu dia ir embora sem precisar pensar em mais nada.

Porém, a vida é sabia (ou sádica) porque agora estava sofrendo de insônia. Nas primeiras noites tentou correr para ver se aliviava mas nada feito. Os pensamentos o acordavam e não tinha nada que pudesse fazer para calá-los. Estava à beira de um colapso.

Pegou o telefone. Almoçar com uma velha amiga podia salvá-lo. Evitou por meses dar esse telefonema. Sabia que ela falaria (ou leria) rapidamente seu problema. O problema que ele estava tentando enterrar e calar. Não queria ouvir o óbvio.

Mas estava ficando fora de controle. Não podia deixar esse lado de sua vida destruir o seu sonho, sua agência. As equipes já estavam com medo de trabalhar com ele. Os clientes também estavam sendo afetados por sua total intolerância. Ele que sempre foi um ótimo aprendiz, gestor e colega de trabalho. Não podia deixar tudo desmoronar. Sabia disso. Conversar com alguém era a única coisa sensata a fazer. Fez a ligação. Não usaria mensagens.

– Bom Dia! – esforçou-se o máximo que pode para parecer natural e animado, mas fracassou.

– O que está acontecendo? Pode falar já!!! – retrucou Fernanda do outro lado da linha com sua voz forte e meio alta.

Não havia percebido o quando sentiu falta dessa maluca!!! Mas como ela podia ser tão vidente desse jeito!? Preocupou-se sobre o que ela veria ao encontrá-lo pessoalmente. Um arrepio percorreu sua espinha.

– Oi Fê! Saudades de você também. Está tudo bem por aqui... – e fingiu um bufo forçado.

– Ai... Desculpa... Não posso fazer nada se sua voz te entrega. Eu fico preocupada! Você me conhece.

Capítulo 1 – A Rotina

Onde você está? – silêncio total – Bom Dia!!! – respondeu finalmente feliz e sorridente (dava para ouvir seu sorriso).

– Só você... Quero convidá-la para almoçar hoje. Topa? Você escolhe. – Sabia que distraí-la com comida funcionaria. Não tinha condições de adiantar assuntos por telefone.

– Almoço infinito!? Por que você sabe que detesto começar reflexões e ter hora para voltar. Precisamos de pelo menos 3 horas!!! – disse ela se apressando – e podemos ir conhecer aquele bistrô fofo que abriu perto da sua agência. Já foi lá? – era bom ouvi-la. Ela preenchia parte do meu vazio. Ela tinha sempre tanto a falar, que facilitava para o outro, só ouvir e poder parar de pensar. Era fácil estar com ela. Ela era quase perfeita... – Ei!!!! Você ainda está aí!?!? – fui chamado de volta.

– Sim, almoço infinito! Sim, podemos ir no bistrô. E sim, conheci lá e é ótimo! Sua cara, inclusive. Nos encontramos lá às 13h? Ou quer que eu a busque?

– Nos encontramos lá! – Estava para nascer o dia em que ela aceitaria carona. Que pessoa mais sistemática... Mauro soltou um sorriso...

– Beleza! Até mais tarde então. Vou entrar numa reunião agora. Beijos.

E desligaram. Adorava a sensação que ficava quando conversava com a Fezinha, como ele gostava de chamá-la.

Se conheciam desde a época de estágio. Os pais de ambos torciam para que ficassem juntos e nunca acreditavam quando respondiam que eram apenas amigos.

Essas lembranças o acalmaram até a hora do almoço que, junto com o trabalho, pôde ter horas de silêncio.

CAPÍTULO 2

O Almoço

Caminhou até o bistrô a pé. O dia estava meio nublado, mas a temperatura ótima. Precisava de ar. Precisava respirar.

Seu celular tocou com uma mensagem da Fernanda. Ela já estava sentada. Sempre fazia isso. Chegava adiantada para escolher a mesa. O que era ótimo, pois caso chegasse depois fazia todos mudarem de lugar ou até de mesa se não fosse de seu agrado. Sistemática demais.

Entrou sorrindo no restaurante com essa lembrança, o que foi bom porque poderia retardar a inevitável leitura da Fernanda. Viu ela de costas numa mesa de canto a direita. – "Lógico! Super previsível!" – pensou e sorriu de novo. Adorava ficar de costas para a movimentação que pudesse distraí-la e roubá-la da conversa.

Fernanda era muito alta, quase maior que Mauro. Tinha pele clara e cabelos castanhos cacheados até quase a cintura. Seus olhos eram bem escuros, quase pretos. Era magra, mas tinha curvas. Muitas curvas. Tinha um ar meio exótico. Adorava cores fortes nos acessórios. Sempre usava lenços ou grandes colares no pescoço. Adorava sapatos diferentes que completavam seu look cool.

Mauro cutucou o ombro dela que deu um salto e o agarrou! Seu abraço era ótimo. Seu cheiro... Tentou se perder ali pelos segundos que podia. Era tão acolhedor. "Por que eu não podia ser simples..."

Ela o largou abruptamente e deu um grito:

– Você está muito magro! O que está acontecendo!? Desembucha!

Mauro se jogou no sofazinho de frente para ela, suspirou e fechou os olhos por alguns segundos...
– Estou péssimo! – Soltou de uma vez. Sabia que uma resposta simples e direta a faria recuar e ir aos poucos. Dando mais tempo para ele.

Capítulo 2 – O Almoço

– Vamos pedir. Esse lugar é muito fofo mesmo!!! Por que não viemos aqui ainda!? Ah! Porque você agora só trabalha... Mas tudo bem! A Paty tem ocupado seu lugar, porque agora você...

Ela falou sem parar, e eu amei cada centímetro dela! Pude me preencher de seu calor, voz e comentários absurdos. Era fácil estar com ela. Era fácil esquecer dos meus fantasmas ao lado dela.

Pediram massas. Ela nhoque ao sugo e ele espaguete alho e óleo. Estavam deliciosas. Para acompanhar decidiram por uma taça de vinho tinto cada. Os dois ainda teriam reuniões no final do dia. Mauro tinha que fechar um plano de mídia, não podia se entregar ao relaxamento por completo.

– Bom... – começou ela enquanto afastava seu prato – o que está havendo Mauro!? Você está seco como uma tábua e com olheiras horrorosasssss! – fez bastante ênfase nessa última palavra

– Você sumiu, mal nos falamos nos últimos 3 meses!!! Pode começar a falar... – encostou, cruzou os braços e esperou.

Um grande suspiro! Era melhor começar a vomitar todos os seus demônios...

– Fê... Estou péssimo de verdade. Sempre acreditei que construir minha agência e sair da casa dos meus pais me fariam a pessoa mais feliz do mundo! Mas agora... – parou a frase no meio suspirando novamente.

Ela só inclinou a cabeça e contraiu o lábio, como que para se segurar e não começar a falar sem parar, antes de ouvir tudo o que Mauro tinha a dizer.

– No começou eu estava tomado pelo trabalho e me adaptando a mudança para uma nova casa... Agora tudo virou uma grande rotina. Acho que a distração acabou e quando vi, algo começou a me incomodar. Não tenho palavras para explicar. Um vazio se instalou. Fico pensando e refletindo, me pergunto todos os dias sobre o que será que falta?

Nessa hora, a boca dela estava completamente rígida numa linha longa. Lógico que ela já sabia o que faltava. Eu também já sabia e não queria ouvir ninguém falar. – "Que porra!!!" – pensei.

Quando ela percebeu minha resistência e silêncio, tomou fôlego e começou.

– Mauro, te conheço há anos, você sempre foi um ótimo amigo e acho você uma pessoa fantástica. Sempre dedicado ao trabalho. Um ótimo filho. Blá, blá, blá. – e revirou os olhos – Será que não falta

Capítulo 2 – O Almoço

um pouco de... Sei lá... Um pouco de loucura!!?? Se apaixonar, por exemplo... Sair dessa zona de conforto que você insiste em permanecer para sempre?

Silêncio. Não queria comentar. Ela estava longe de chegar onde o problema estava. Era muito mais que sair da zona de conforto. Mas eu no lugar dela também não iria querer me meter nessa MERDA toda!

– Às vezes, eu não te entendo... você parece que está sempre fugindo de algo. Fugindo da vida e construindo muralhas a sua volta. Se isolando cada dia mais. – disse ela com voz de pesar e inclinou a cabeça para me analisar.

"Touché!" – pensei com desdém. Como ela pôde falar assim!? Não gosto que sintam pena de mim. Um incômodo percorreu meu corpo. Queria correr. Sair dali correndo. Comecei a me sentir pelado no meio do restaurante! Já estava começando a me arrepender desse "longo" almoço.

– Mauro!!! Responde alguma coisa!? Você está magro pra cacete, parece muito exausto... Está acabado!!! Vem aqui e fala que seu trabalho está ótimo, que tem uma rotina na nova casa... E!?!?! A quem você quer enganar!? Não percebe o que falta!? Você precisa de um par! Se entregar para alguém. Se apaixonar. Você sabe minhas teorias sobre o amor que inspira e movimenta. Sem isso não somos nada! E você foge disso igual o Diabo foge da cruz! – fez uma pausa dramática jogando os longos cabelos para o lado, piscando demoradamente com seus longos cílios e voltou a falar – Não estou falando para você casar, ter filhos, constituir família... Mas sei lá... Se entregar a uma paixão. Simples assim. Não sei como você consegue não ter ninguém para dividir medos e conquistas. – e tomou um longo gole de vinho.

 Silêncio de novo. Estava tomando vários socos. Se continuasse assim seria vitória por nocaute de Fernanda contra Mauro. Como ela conseguia falar sem medo? Como ela não via o que de fato havia de errado? Me sentia mesmo como o "Diabo fugindo da Cruz". Como falar isso para minha melhor amiga?

 Fechei os olhos, respirei fundo e comecei:

 – Fezinha... Não sei o que há de errado comigo. Na verdade, provavelmente eu saiba sem saber, entende? – olhei para ela com carinho e confusão e ela retribuiu o olhar tentando me encorajar a falar mais.

 Meu celular interrompeu esse momento. Confesso que festejei internamente com essa brecha de fuga. Chequei o número e era Paulo, meu sócio na agência.

Capítulo 2 – O Almoço

Olhei para Fernanda que já estava de bico. Odiava que deixássemos os celulares ligados em nossos encontros. Costumava fazer horas de sermão, sobre como as pessoas estavam se tornando mal-educadas e sem noção, por conta desse hábito de não desgrudar um segundo de seus telefones em todos os lugares. Sibilei que precisava atender. Ela fechou mais ainda a cara.

Paulo estava desesperado do outro lado da linha. Parece que eu havia esquecido de criar um material para nossa reunião da tarde. Só eu sabia o briefing. Era um dos meus primeiros clientes. – "Ufa! Salvo!" – pensei.

– Paulo, estou a caminho. Chego aí em 10 min. – só vi a Fernanda fechar mais ainda a cara e pegar a bolsa bruscamente.

Quase precisei correr atrás dela até o caixa do lugar. Ela estava puta da vida. Saímos do restaurante em silêncio. A despedida foi fria e rápida. Eu fugi. Não tive coragem de me encarar através dos olhos de minha melhor amiga. Se ela soubesse...

Chegando na agência o trabalho me tomou. Só agradeci pelo ato falho de "esquecer" de finalizar aquele material e ter horas de trabalho extra antes das sucessões de reuniões, que seguiriam pela tarde e início da noite.

Voltei para casa mais tarde que o normal. Não tive tempo de checar meus recados pessoais. Para ajudar o celular ficou sem bateria no início da noite o que eu achei ótimo. Pude adiar a realidade por mais algumas horas.

Haviam três mensagens não lidas: duas da Fernanda e uma do meu pai.

Responder meu pai era mais fácil. Ele e minha mãe estavam mudando de casa, já que com a minha saída sobrava muito espaço e eles achavam aquilo um desperdício, afinal eram só os dois. Eu era filho único e confesso que isso tornavam todas as minhas decisões mais difíceis ainda. Me sentia responsável pela felicidade da minha família. Ele só queria avisar que haviam separado meus livros e trabalhos e que quando tivesse tempo fosse buscar.

As mensagens da Fernanda me deixaram mais preocupado. Na primeira ela estava muito brava reclamando do encurtamento do nosso almoço e da minha falta de educação com aquele bendito celular tocando. Disse que eu estava fugindo de novo.

Na segunda ela despejou um monte de perguntas reflexivas para eu pensar, e mandava eu parar de fugir.

Capítulo 2 – O Almoço

Percebo que estou sorrindo novamente. Ela me faz muito bem. Fica difícil não querer conversar ou contar meus medos para ela.

Respondo simplesmente: "Fezinha... Você está certa! Preciso parar de me esconder. Desculpe pela interrupção! Prometo compensá-la. Que tal um cinema amanhã à noite. Me avise. Beijos"

E fui tomar um banho longo. Os pensamentos começam a ganhar força. Sei que tudo só vai se resolver se eu me entregar para eles. Mas eu fujo. Sinto medo. Sinto muito medo. Não vou me permitir chorar. Porque é isso que eu quero fazer, chorar muito.

O banho está quente. Queima minhas costas. Isso é ótimo porque afasta os pensamentos, o medo e o choro.

CAPÍTULO 3

A Blusa

É sábado. Não tinha nada pendente no trabalho para poder ir até à agência. Trabalhar demais deixavam os "Jobs" em dia. Passei a odiar os finais de semana. Provavelmente farei várias atividades físicas para não pensar. Começo a me sentir ridículo por estar vivendo esse ciclo. Mas não me sinto pronto. Estou por um fio para desabar, quebrar, sumir.

Na noite passada eu dormi melhor. Acho que foi o encontro com a Fernanda que me deixou um pouco relaxado, apesar da fuga no final. Mas não quero pensar nela. É fácil pensar nela. Queria poder pensar nela. Ela resolveria os meus problemas. Mas não posso pensar nela. Não é certo. Isso dá um nó na minha cabeça. Bufo...

O dia será interminável. Ela acabou não aceitando o convite do cinema. Entendi que ela ainda estava puta da vida comigo. Precisava resolver minha solidão. Me entregar aos meus demônios. E teria de fazer isso sozinho. Precisava me encarar.

Dirijo-me até um dos armários do closet. Abro a última gaveta do canto. Tem uma blusa dobrada. Sinto um arrepio. Amo essa blusa. Amo o perfume que está impregnado nela. Preciso sentir. Pego-a e afundo meu nariz nela. O perfume está fraco, mas ainda está lá. Sinto vontade de gritar. Meu peito dói.

Fico no quarto com a blusa no rosto. Parece que a hora parou. Entro no meu mundo. Não tenho mais medo. Há luz. O perfume está mais forte. Sinto minha excitação. É natural. É como tem que ser. Posso sentir minha pulsação acelerar. O calor toma meu corpo. Me sinto completo. O buraco se foi.

"Porque não posso me sentir assim o tempo todo"? – Penso. Mas no meu mundo essa pergunta não faz sentindo. Eu me sinto assim o tempo todo. Quero ficar ali para sempre. Algo vem em minha direção. Sinto o calor e o perfume do seu corpo. Minha

Capítulo 3 – A Blusa

excitação aumenta. A calça incomoda. Me dispo. Preciso me sentir livre. Nossos corpos se encontram. É real. Fecho ainda mais os olhos. Sinto suas mãos em torno da minha cabeça. Os dedões acariciam minhas bochechas. Preciso sentir seu gosto. O perfume me sufoca. Sinto sua respiração em meus lábios. Nossos corpos estão grudados. Frente a frente. Seus lábios tocam os meus. Suaves. Quentes. Preciso de mais. Coloco minha língua em sua boca. Sou correspondido. Há uma explosão. Muito calor. O beijo se intensifica. As mãos se perderam pelo pescoço, ombros, cinturas... Sinto seu gosto. Muito parecido com o aroma deixado na blusa. Quero mais e mais. Sinto-me insaciável. Minha ereção encontra seu corpo. Estamos muito excitados. Nossas respirações estão altas. Sinto suas mãos envolverem meu pênis. São suaves, mas os movimentos são ágeis. Alcanço o orgasmo mais rápido do que gostaria. Explodo em mil pedaços, ouço um grito grotesco. Me assusto. Sou eu. Vou saindo do meu mundo. Sinto frio. Tento me agarrar, mas sou puxado. Abro os olhos devagar. Olho para a blusa. Sinto umidade no tecido. Eu chorei.

CAPÍTULO 4

A Viagem

O fim de semana foi um inferno. O vazio ficou ainda maior. Sinto o fio se rompendo. Preciso me agarrar a realidade.

– Bom dia Mauro! – fala Paulo ao entrar na minha sala.

Paulo é ruivo e têm uma barba meio descabelada. Sardas pintam parte das bochechas aparentes. Têm olhos azuis. Está sempre vestindo calça jeans, camiseta e blazer. Usa sapatênis ou sapatos sociais. Depende da agenda do dia. Têm um sorriso largo que ajuda na conquista de várias contas para agência.

Conhecer Paulo mudou radicalmente a vida de Mauro. Eles se completavam. Mauro era o centrado da empresa, enquanto Paulo o extrovertido. Estava sempre antenado a concursos, eventos e novos designers. Conheceram-se em um MBA e desde então desenharam as estratégias do negócio. Quando a oportunidade surgiu eles se uniram. Na época Paulo havia fechado uma grande conta com um shopping center, faria o lançamento do novo empreendimento e precisaria de muita ajuda. Ligou para Júlio que logo embarcou na ideia e um ano depois, contavam com mais de 15 colaboradores trabalhando com eles.

– Sabe o projeto musical que fechamos semana passada? – continuou Paulo – Então, o cliente quer filmar em Nova York. Estamos montando uma agenda de 4 dias de produção e a viagem seria na próxima semana. Ele faz questão que você acompanhe essa execução. O Lopes já tem tudo esquematizado para o filme. Ele acredita que um ou dois dias de filmagem seja o suficiente. Você seria apenas um suporte para possíveis decisões na hora. Beleza? Posso confirmá-lo? Como está sua agenda?

"Trabalho. Minha salvação". – penso.

Capítulo 4 – A Viagem

– Pode contar comigo. Pede para a Renata coordenar os detalhes de voo e hospedagem com os demais. Seria interessante ficarmos todos no mesmo hotel e termos o mesmo transporte. Isso ajudaria a otimizar o tempo.

Penso na Fezinha. Ela podia me acompanhar nessa. Não conheço ninguém mais fanático por Nova York que ela. Seria uma forma de fazer as pazes e tê-la por perto para me manter firme. Sinto-me egoísta.

Pego o telefone para ligar para ela e para minha surpresa, ela mandou uma mensagem de texto desejando "Bom Dia" há alguns minutos. Aproveito e retorno.

"Oi Fezinha. Desculpe meu silêncio. Precisava pensar. Acho que estou melhor" – minto. Apesar da recusa do cinema, ela mandou dezenas de mensagens no final de semana.

"Pena não ter rolado o cinema no sábado" – lamento – "Mas tenho outro convite e modéstia parte, acho que você vai gostar bem mais: quer ir para Nova York na semana que vem?" – Envio e aguardo a resposta que imediatamente vem acompanhada de várias palminhas e um grande "SIIIIIIIM!!!". Na sequência uma dúzia de perguntas sobre dia, horário, voo, hotel, roupas...

"Amo essa mulher!!!" – penso sorrindo.

Depois de meia hora trocando mensagens e alinhando tudo. Volto a atenção ao trabalho. Tudo certo. A vida parece me dar uma folga. Sinto-me feliz. Sei que parte dessa felicidade é saber que a Fezinha estará do meu lado nos próximos dias. Sair um pouco do escritório também me agrada.

A semana voa e o fim de semana também. Passei metade dele com a Fernanda fazendo malas e roteiros. Mesmo protestando que seriam apenas quatro dias, sendo que em dois deles eu trabalharia, ela retrucava que era por isso mesmo que precisávamos planejar melhor para aproveitar o máximo do tempo possível.

O dia chega. Contratamos uma van para buscar todos em casa e irmos juntos para o aeroporto. A viagem incluía Lopes, dois de seus assistentes, nosso cliente, assistente, eu e a Fernanda. Seria um trabalho rápido. O roteiro de filmagem estava pronto desde o fechamento da conta. Organizamos um dia inteiro de filmagem, um dia extra caso precisasse refazer alguma cena e quase dois dias inteiros para passeios e visitas a exposições.

Capítulo 4 – A Viagem

A van chegou no meio da tarde em casa. Todos já estavam no veículo quando entrei. Vi a Fê no fundo e seu sorriso se abriu. Ela foi uma das primeiras a serem pegas. Apontou para o lugar vazio ao seu lado. Precisei ignorar o tumulto que causaria para sentar com ela no fundo.

Lopes estava sentado no primeiro banco junto com o cliente Júlio. Conversavam animadamente olhando para seus celulares e apontando imagens. Imaginei que já estavam discutindo o roteiro da filmagem.

Ele só levantou o olhar dos óculos para me cumprimentar. Júlio acenou com uma das mãos livre e deixou escapar um – E aí!? – sem tirar os olhos da tela de seu celular.

Lopes era um cara baixinho e gordinho, meio calvo e o pouco cabelo que restava era mantido raspado. Tinha olhos castanhos e usava óculos fino e redondo. Parecia um personagem de desenho animado. Sempre estava vestindo alguma peça de roupa xadrez e tênis All Star.

Apesar de já ter passados dos 30 anos, Júlio aparentava ter uns 20. Seu rosto jovial. Tinha pele muito clara, olhos verdes e cabelos claros, mas não loiro, usava um corte meio despenteado, e estava sempre vestido com roupas despojadas, fazendo o estilo pop-rock o que o destacava quando estava tocando música clássica. Foi essa a nossa proposta para o material, misturar sua personalidade, com seu talento. O resultado era algo único e inédito.

No segundo banco estavam os assistentes de Lopes, dois carinhas jovens, magrelas e completamente introvertidos. Marcelo era negro e usava um corte de cabelo engraçado, meio moicano. Vestia-se de preto o tempo todo, algo meio punk. Já Pedro era um japonês que usava umas roupas engraçadas, de personagens em quadrinhos e super-heróis. Os dois usavam óculos e pareciam meio nerds. Estavam dormindo, usando suas mochilas como travesseiros.

No banco da frente estava Melissa, uma moça jovem, séria, que parecia eficiente. Estava sempre de cabelo preso em um longo rabo de cavalo. Tinha cabelo liso, castanho escuro, pele super branca e olhos castanhos. Mantinha-se no celular quase que em período integral. Sempre marcando ou remarcando algum compromisso de Júlio. Em breve ele entraria numa espécie de turnê da música clássica e precisava aproveitar sua disponibilidade ao máximo para fazer a publicidade e ganhar patrocinadores.

Capítulo 4 – A Viagem

Consegui chegar até o último banco onde estava Fernanda.

– Bom dia!!!! – disse ela, ao mesmo tempo em que me deu um beijo no rosto, acompanhado de um abraço meio torto. Ela amava abraçar.

– Bom dia Fezinha! – respondi animado. Dessa vez não precisei fingir. Estava me sentindo melhor desde o nosso último encontro.

Passar o fim de semana com ela também ajudou na recuperação. Até pensei em continuar a conversa do almoço, mas sua excitação foi tão contagiante e relaxante que me dei uma trégua. Mas planejava aproveitar esse período longe e me abrir. Essa viagem mudaria nossas vidas.

O aeroporto estava vazio. Esperamos nosso voo em um café próximo ao portão de embarque. Todos estavam excitados com o projeto. Nosso cliente repassava incansavelmente os detalhes com a equipe. Ora me convocavam para dar uma opinião, ora me dispensavam e eu ficava com a Fernanda repassando nossa agenda. Finalmente estava relaxado.

No voo sentamos separados. O que achei ótimo. A Fezinha não costuma dormir em viagens e normalmente fala mais que o normal. Ir com o Lopes ou com o cliente também seria uma tortura, já que os dois falariam de trabalho até chegarmos ao destino. Optei por uns comprimidos para dormir. Precisava trabalhar no dia seguinte a chegada. E para o mesmo dia, Fezinha já havia comprado ingressos para um espetáculo na Broadway. Sem chance de aguentar tudo isso sem umas horas de sono.

Chegamos cedo em Nova York, todos meio calados e moídos. O plano era chegar no hotel e descansar. Nos encontraríamos para jantar e depois o grupo se dividiria. Uns fariam compras, outros passeios e a Fezinha e eu Broadway.

CAPÍTULO 5

O Primeiro Dia

– Mauro! – Chamou Fernanda do outro lado da porta enquanto batia incansavelmente na madeira.

– Estou indo! – gritei saindo do banheiro com a toalha enrolada no corpo.

– Você ainda não está pronto!? – disse ela entrando e se jogando na minha cama. – Vamos nos atrasar. Todos já estão no lobby.

– 5 minutos Fezinha! – respondi brincalhão e voltei para dentro do banheiro. – Devo ter me distraído fazendo a barba. – justifiquei.

Estava tentando dar um contorno mais sofisticado a minha cara barbuda. Não me via de outro jeito.

Tinha adorado usar barba, mas cheguei à conclusão que esse estilo dava muito trabalho.

Encontramos todos nos sofás do lobby. Uns papeavam, outros estavam concentrados em seus celulares. Saímos pela noite de Nova York. Estar em outro local, longe da rotina, ajudava a espantar os pensamentos torturados. Não me sentia tão cansado e nem tão perdido. Jantamos em um japonês perto do hotel. O que facilitou andarmos pela cidade. O papo fluiu animado durante todo o jantar. Nos despedimos na porta. Cada grupo partiu para fazer suas atividades. Eu e Fernanda pegamos um táxi para o teatro.

Ela estava meio calada depois de se separar do grupo. Pensei se fiz ou falei algo durante o jantar que possa tê-la chateado. Nada veio à mente.

– Fezinha, está tudo bem? Estou te achando quieta demais... – falei suavemente meio zombando.

Ela fecha a cara, cruza os braços e vira o rosto para a janela.

"Xiiiii... Deu merda!" – penso.

– Fê! O que houve? Agora é você quem precisa "desembuchar?". – Falo sério, pronunciando a última palavra exatamente como ela costuma falar.

Capítulo 5 – O Primeiro Dia

Ela se vira abruptamente para mim, descruza os braços e levanta o dedo. "Fodeu!" – suspiro.

– Sr. Mauro! Se o senhor pensa que sou sua assistente ou coisa do tipo, podemos parar por aqui! Você, meio que não conversou comigo o jantar inteiro! E veja, se estivessem falando de trabalho ok, afinal estamos aqui por isso, mas não, ficou de conversa fiada com aquela tal "Melissa" – disse o nome da assistente do Júlio com tom de desdém – fungou, cruzou os braços e se virou de novo.

"Ela estava com ciúmes!?!?" – pensei rindo. Se ela soubesse...

Me aproximei dela, passei o braço a sua volta, beijei seu cabelo e disse baixinho – "sua boba!".

Ela relaxou e pude sentir um sorriso se abrir. Pude relaxar também. Não podia afastá-la de mim agora. Precisava dela como nunca. Ela não fazia ideia das minhas perturbações.

Chegamos com tempo para o espetáculo. Pudemos beber uma taça de espumante antes de entrar. O show era o nosso preferido: uma adaptação das músicas do Abba, transformadas numa peça. Não era a 1ª vez que assistíamos, mas era a 1ª vez que assistíamos juntos. Foi maravilhoso ver lágrimas rolando pelo rosto da Fernanda e seu sorriso se abrindo nas partes mais românticas. Ver a peça através de suas reações a tornou bem mais interessante. A Fernanda tinha isso: ela dava vida a tudo a sua volta.

Voltamos para o hotel super empolgados, conversando sobre partes da apresentação, criticando e elogiando sem parar. Sentia que apesar de cansado da viagem teria insônia. Tinha que evitar ficar sozinho. Estava preocupado em surtar no meio da viagem e atrapalhar o projeto.

Como a Fernanda ficaria livre o dia todo devido às nossas filmagens, provavelmente acordaria tarde. A convidei para beber algo em meu quarto. Assim poderia fugir da minha solidão aproveitando sua companhia.

Paramos numa conveniência a caminho do hotel e compramos um vinho e umas besteiras salgadas.

– Quer assistir alguma coisa? – perguntou Fernanda ao entrar no quarto jogando suas coisas no sofá da antessala e caminhando para minha cama.

– Não pensei em nada. Acho que podemos conversar um pouco. Que tal?

Ela me olhou engraçado. Fazia meses que eu fugia de "conversas". Deve ter estranhado minha

Capítulo 5 – O Primeiro Dia

sugestão. Confesso que eu também estranhei. Mas o meu lado relaxado estava no comando. Talvez hoje eu pudesse me abrir com ela.

Ela deu meia volta e se sentou numa das poltronas da antessala. Peguei dois copos e a garrafa de vinho e me joguei no tapete em sua frente. Servi o vinho e passei um copo para ela, que fez questão de brindar – "A Nova York!". – Disse animada.

– Mauro, você está estranho. Suas mudanças de humor estão me deixando tonta. – e soltou um suspiro de irritação após o primeiro gole de vinho.

– Estou de boa Fezinha. Tenho que ir em frente. Enfrentar meus demônios. Acho que no nosso almoço você colocou o dedo na ferida. Mas eu precisava daquilo. Andei pensando um pouco sobre isso e talvez você tenha razão. Preciso me ariscar, sair da zona de conforto, "complicar" a minha vida... – fiz as aspas no ar com os dedos para enfatizar a fala.

Ela concordou com a cabeça. Estava distraída e mais quieta que o normal. Ela estava cansada da viagem e relaxada do passeio. Não seria uma boa ouvinte hoje. Precisava deixar o meu egoísmo de lado e deixá-la descansar. Fiz um comentário qualquer sobre a peça que rendeu pelo menos mais meia hora de papo. Quando ela deu o primeiro bocejo aproveitei para despachá-la para cama.

Ela me deu um super abraço ao sair em direção ao seu quarto com os sapatos em uma das mãos.

Me senti vazio novamente. Resolvi terminar com a garrafa de vinho que ainda estava pela metade. Precisava dormir.

CAPÍTULO 6

A Fuga

O dia de filmagem rendeu muito. Terminamos antes do horário previsto. O Lopes aproveitou para já ver as imagens, enquanto conversávamos animadamente numa lanchonete de frente para o Central Park. Como estávamos adiantados, poderíamos refazer algumas cenas, caso precisasse, em vez de usar o dia seguinte.

Aproveitei essa pausa para colocar meus e-mails em dia e retornar os recados das equipes da agência.

Melissa estava mais séria que a noite anterior. Lembro-me vagamente do nosso "papo furado" como a Fernanda chamou. Mais falamos do Júlio que qualquer outro assunto. Ela era super fã do trabalho dele e isso ajudava muito a ser tão dedicada. Gostava de explicar detalhadamente as estratégias para os próximos meses de apresentações. Passou a manhã toda no celular e laptop trabalhando incansavelmente. Mal nos falamos.

Ele tocava violoncelo na orquestra sinfônica de São Paulo. Era lindo de ouvir e ver. Tocava desde os 3 anos de idade. Dava para perceber um talento nato. A ideia de filmá-lo em Nova York foi devido a sua formação que havia sido em "Juilliard School", uma das mais famosas universidades de música e artes do mundo. O projeto do Júlio era ampliar sua divulgação e conseguir trabalho fora do país.

Nossa primeira reunião aconteceu após uma apresentação no Teatro Municipal de São Paulo. Ele fizera questão de enviar convites para mim e Paulo. Nos queria imersos no seu mundo antes de falar de negócios, estratégias e objetivos. Funcionou. Saímos de lá cheios de ideias. Praticamente desenhamos toda a campanha de Júlio no jantar pós-apresentação.

Além de ter um talento nato para música, ele era um rapaz muito inteligente e tinha visão para os negócios. Isso ajudava muito no projeto. Ele somou

Capítulo 6 – A Fuga

à equipe. Não tinha o perfil de um simples cliente. O briefing vinha redondo. Estávamos bastante empolgados com esse desafio. Nossa agência criava vídeos musicais para diversos gêneros, mas esse era o nosso 1º projeto clássico com objetivo internacional.

— E aí Mauro? — Júlio puxou uma cadeira na minha mesa e se sentou — Acha que finalizamos por hoje?

Levantei meu olhar do laptop para Júlio e respondi:

— Puxa! As cenas que olhei com o Lopes estavam ótimas. Ele talvez queira captar algumas cenas da paisagem para completar o material. Se for só isso seremos dispensados mais cedo. — Respondi colocando minhas mãos atrás da nuca com ar de preguiça.

— Sendo assim você topa uma cerveja depois? Têm um pub ótimo que eu ia na época que morei aqui. Seria interessante voltar lá. — Disse ele olhando para fora com um ar de nostalgia.

Curti a ideia. Poder conhecer um novo lugar seria ótimo. Júlio era bom de papo. Com certeza teria ótimas histórias para distrair minha mente perturbada.

Como esperado, Lopes veio até nossa mesa empolgado para contar que as filmagens estavam maravilhosas. Que tínhamos muito material e que agora sairia com sua equipe para algumas tomadas de detalhes que enriqueceriam o filme. Disse que estávamos dispensados por hoje, mas que amanhã cedo repetiríamos duas cenas internas para termos opções de edição. Essas cenas podiam ser no nosso próprio hotel.

Mal terminou de nos dispensar e já saiu com seus assistentes pela porta. Nisso Júlio levantou e foi até a mesa onde estava Melissa. Não pude ouvir a conversa, mas vi ela levantar o olhar para minha direção e juntar suas coisas rapidamente. Pelo visto ela não estava inclusa no convite do pub. Fiquei estranhamente aliviado.

Júlio voltou até onde eu estava e disse – E aí? Vamos nessa? – pegando sua jaqueta de couro pendurada no encosto da cadeira e se dirigindo para a saída.

Juntei minhas coisas e caminhei com ele até a porta. Mal havíamos saído e ele disparou a contar suas histórias do tempo de estudante. Disse que adorava a cidade, se não fosse a saudade do Brasil e a proposta recebida pela orquestra sinfônica não teria deixado Nova York há 8 anos atrás.

O pub era próximo de onde estávamos. Tinha acabado de abrir. Não tinha me dado conta que o

Capítulo 6 – A Fuga

dia se fora e já era fim de tarde. O pôr do sol estava colorido e tardio. Isso acaba fazendo o dia parecer maior. O pub era todo vermelho e moderninho, tinha uma proposta mais jovem do que os pubs tradicionais. A meia luz, mais lembrava uma boate que um bar.

Júlio seguiu até quase o fundo do lugar. Pegou uma mesa de canto e se jogou numa das cadeiras. Parecia muito à vontade ali. Incrivelmente mais jovem. Sentei-me a sua frente e logo duas cervejas foram colocados em nossa mesa. O serviço era rápido. O lugar foi enchendo aos poucos.

Bebemos em silêncio. Algo me dizia que precisava daquilo. Olhamos tranquilamente ao redor. Os jovens chegando em turmas pós-aula. Os executivos com semblantes exaustos a procura de um pouco de relaxamento antes de ir para casa. As moças produzidas paquerando desenfreadamente e curtindo com as amigas.

Algo se acalmou dentro de mim. Lá estava eu longe de casa, esquecendo os problemas, sendo só mais um no meio de tantos desconhecidos. Relaxando. Ouvindo risadas, copos e um Rock 'N' Roll de leve de fundo. Fechei os olhos e aproveitei essa sensação de não sentir nada e ao mesmo tempo sentir tudo.

Ao abri-los vi Júlio me encarando. Seus olhos verdes brilhavam. Suas bochechas estavam avermelhadas com o calor do lugar e o álcool da bebida. Ficamos nos encarando por um longo tempo. De alguma forma o tempo parou. Não sei descrever meus pensamentos. Eu só queria estar ali. Naquele pub, com aquele rapaz. Isso deveria parecer errado, mas não era.

Ele se mudou de cadeira. Sentou-se ao meu lado. Estávamos isolados. Lado a lado. Entramos em um mundo desconhecido. Nossos olhos não perderam o contato um minuto sequer com essa mudança de posição. Sua mão direita se levantou e pousou em meu ombro. Não me mexi. Não sei exatamente o que estava sentindo. Só sentia minha pulsação acelerar. Fiquei congelado. – "Será que estou bêbado!?" – pensei tentando entender o inexplicável.

Sua mão permanecia em meu ombro. Nossos olhos não se desgrudavam. Sua mão fez um movimento em direção a minha nuca. Senti uma eletricidade percorrer meu corpo. Eu estava mais vivo do que nunca. Eu podia sentir minha pulsação se acelerar ainda mais. Eu podia sentir os batimentos dele através do contato das nossas peles. Sua mão fez

Capítulo 6 – A Fuga

um movimento que levou minha cabeça para frente ao mesmo tempo que a sua cabeça veio em direção a minha. Nossos olhos não se desconectaram. Ficamos nos encarando. Seus lábios tocaram os meus. Tudo muito rápido e ao mesmo tempo tudo muito lento. Eu podia tocar meus pensamentos. Existiam dois Mauros dentro de mim. Um gritava de horror e o outro se derretia de prazer. Confusão. O calor tomou conta. Vi os olhos de Júlio se fecharem. Senti sua mão puxar ainda mais minha cabeça. Seus dedos se fecharam nos meus cabelos. Um arrepio percorreu meu corpo. Me entreguei. Explodi. Lábios, línguas, saliva, gosto de cerveja. Mais calor.

Não sei em que momento minhas mãos agarraram seu rosto e intensificou o contato de nossos lábios. Senti seus dentes. Senti seus lábios entre meus dentes. Senti gosto de sangue. Algo se agitou dentro de mim. Eu queria mais. Eu não queria parar. Eu queria estar ali. Aquilo era certo. Aquilo era eu.

O beijo durou muito tempo, não sei dizer. Nossos olhos se abriram ao mesmo tempo. Uma música de fundo se finalizava. Nossas respirações estavam altas. Nossos corpos estavam quentes. Nossas testas se encostaram ao mesmo tempo que nossos lábios se afastaram. A mão de Júlio continuava na minha nuca. As minhas desceram para seus ombros. Nossos olhos se encontraram. Nada foi dito. Mas tudo ficou claro. Eu estava perdido e agora me encontrava.

Fomos nos afastando. O lugar ficou estranho. Vontade de correr. Fugir. Mas estava fugindo há dias, meses, anos, uma vida. Senti enjoo. Senti frio. Precisava sair dali.

Levantei rapidamente e sai em direção a porta, tão rápido que não pude registrar a reação de Júlio. Acho que corri. Corri muito. Cheguei no hotel. Perdi a noção de tempo. Fui para o meu quarto. Bati a porta com força e me joguei na cama. Estava em queda livre. O fio se rompeu. Estava caindo. Estava perdido.

CAPÍTULO 7

Explicações

    Não sei por quanto tempo eu fiquei no escuro. Na cama. Pareciam horas. E foram. Olhei o relógio e marcavam 4h da manhã. Não sei se dormi ou se desmaiei. Precisava me mexer, mas não conseguia. Precisava organizar minha mente, mas não conseguia. Me permiti alcançar o celular. Haviam 15 chamadas não atendidas e dezenas de mensagens não lidas. Muitas da Fernanda que beiravam a histeria, algumas do Júlio e outras da agência.

    Surtei como previ que aconteceria. Surtei onde não devia. Estava comprometendo o meu trabalho.

Fui para o chuveiro. Nada poderia ser resolvido ou explicado a essa hora da madrugada. Foi quando eu ouvi batidas na porta. Me enrolei na toalha. Não queria dar mais motivo de preocupação para ninguém. Ouvi uma voz baixinha pelo vão da porta. Era a Fernanda.

Abri a porta e a vi descabelada com olhos vermelhos. Devia estar chorando. Ela me agarrou com muita força. Quase perco a toalha. E desabou a chorar em meu peito. Soluçava. Ficamos assim por alguns minutos até ela se acalmar e se afastar. Entramos no quarto e fechamos a porta. Sem falas.

Ela se sentou na cama e peguei meu pijama para ir vesti-lo no banheiro. Quando ela soltou:

– Qual é o seu problema? De verdade? O que há de errado com você? – e assoou o nariz em um lenço de papel que tinha do lado da cama.

O que será que ela sabia. O medo me dominou. Congelei. Não tinha ideia do que responder. Para meu alívio ela continuou:

– Você chegou correndo da rua. Passou por mim no lobby. Não respondeu meus chamados. Se trancou nesse quarto. Não atendeu a porta e nem o telefone. Estava desesperada. Você ficou louco!? Que bicho te

Capítulo 7 – Explicações

mordeu nessa porra de cidade!? – disse em tom mais alto que o normal.

Respirei. Nem tinha percebido que estava prendendo a respiração. Ela não sabia de nada. Ela nem desconfiava de nada. Alívio. Me virei e disse despreocupado:

– Dor de barriga. – vi uma sombra de confusão atravessar o rosto da Fernanda. Percebi que ela também percebeu que tinha alguma coisa muito errada com a minha resposta. Mas era uma resposta válida que não tinha como contestar. Continuei – Estava em um pub com o Júlio e acho que comi amendoim demais quando vi estava saindo correndo – dei uma pausa para soar o mais verdadeiro possível – inclusive tenho que ligar para ele. Devo tê-lo deixado preocupado também.

Fernanda estava congelada. Como se várias informações passassem pela sua cabeça. Até que tombou a cabeça de lado como se isso fizesse os pensamentos funcionarem melhor e soltou:

– E por que você não usou o banheiro do pub? Por que se deu ao trabalho de correr quilômetros até o hotel?

Ela e suas perguntas de criança de 3 anos conhecendo o mundo! "Que Porra!" – pensei. A parte boa de conviver com ela é que aprendi a dar respostas "sem noção" para essas suas perguntas inconvenientes.

– Sei lá Fernanda! Na hora estava mais preocupado em não cagar em público, no meio de um pub em Nova York e na frente do meu cliente que a única coisa que pensei foi sair de lá o mais rápido possível. – Disse ao mesmo tempo que me jogava na cama do lado dela.

Isso pareceu convencê-la. Vi sua expressão absorvendo a resposta como se a encaixasse em um grande quebra-cabeça invisível. E soltou um – Huuuuum...

Isso me deixou aliviado. Uma a menos, e se ela acreditasse todos acreditariam. Por que ela faria questão de praticar bulling com esse assunto por dias a fio. Era um preço baixo a se pagar devido a todas as coisas que estavam começando a fervilhar na minha cabeça naquele instante.

– Tá..., Mas por que você não atendeu a porta ou o telefone?

"Meu Deus! De onde ela tira essas perguntas!!!" – bufei internamente. Retruquei com toda a paciência que consegui reunir:

– Acho que fiquei tão mal que meio que cai no sono ou desmaiei mesmo. Sei lá... – virei em direção

Capítulo 7 – Explicações

ao banheiro de onde nunca deveria ter saído para atender aquela maldita porta!

Só faltava vir as perguntas seguintes: "Por que seu quarto não está fedendo? Por que não tem roupa suja aqui?" Por que, por que... Precisava distraí-la antes que ela pensasse em mais por quês.

– Fezinha, você não tem nenhum remédio para dor de cabeça no seu quarto? Acho que nesse mal-estar desidratei e minha cabeça está me matando... – falei com uma voz de dor forçada e fechei os olhos para ela não desconfiar.

– Nossa! Claro! Eu e minhas mil perguntas. Nem perguntei como você estava. Espera aí que vou lá pegar e já volto. – e saiu correndo porta a fora.

Depois de comida, alguém precisando de ajuda era a 2ª distração para a Fernanda. Fiquei aliviado. Era o tempo que precisava para me enfiar debaixo da coberta e fazer uma cena. Ela me daria o remédio e sairia dali me deixando no meu inferno pessoal.

Lá estava ela em menos de 5 minutos depois. Entrou na ponta dos pés. Pegou água e veio sentar do meu lado na cama. Colocou o comprimido em minha boca e passou o copo para mim.

"Sem mais perguntas. Ótimo!" – pensei

– Má... Vou te deixar dormir. Mas você promete que se precisar de algo vai me ligar? Ou prefere que eu durma aqui? – Olhou ao redor checando se havia onde ela ficar.

– Fê! Já estou melhor. Verdade. Devo ter apagado. Fuso horário, cansado, mal-estar... Acho que sobrecarreguei. Pode ir dormir tranquila. Amanhã não teremos filmagem e já podemos sair para curtir Nova York, finalmente! – respondi forçando o máximo de animação que consegui.

Ela me deu um beijo na testa, apagou a luz principal do lado da cama e saiu.

Fiquei ali na meia luz do abajur. Perdido. Precisava voltar para a realidade. O estrago estava feito. Dormir estava fora de cogitação numa hora dessas. Precisava pelo menos retornar a mensagem de texto do Júlio.

"Júlio, sinto muito o incidente de ontem... Não tenho explicação para o meu comportamento. Espero que isso não atrapalhe nosso projeto juntos. Obrigado pela preocupação. Está tudo sob controle, porém, gostaria de deixar isso para trás". – Respondi.

Na verdade, não fazia ideia do que eu gostaria.

CAPÍTULO 8

Um Dia Com Ela

Devo ter apagado por algumas horas. Nem a claridade do nascer do sol me acordou, já que esqueci de fechar o "blackout" do quarto. Quando o meu despertador tocou e por um momento não sabia onde estava, logo me lembrei e precisei fazer força para não pirar.

Mandei mensagem de texto para o Lopes, avisando que hoje não acompanharia as tomadas extras que ele programou. Confiava nele e que precisava resolver assuntos da agência. Não tinha como lidar com o Júlio agora. Aproveitei para retornar e-mails e fazer algumas ligações para o Brasil antes de descer para o café.

A Fernanda já tinha mandado mensagem, querendo saber se eu estava melhor e se manteríamos os planos para o dia. Agradeci imensamente ter uma porção de atividades para fazer. Todos os segundos do dia estavam ocupados. Não teria tempo para pensar nos meus problemas.

O Júlio também havia retornado a mensagem. Pelo horário ele também não havia dormido. A mensagem foi enviada quase imediatamente depois da minha. Ele dizia:

"Oi Mauro... Sinto muito pelo seu mal-estar, mas infelizmente não posso lamentar o ocorrido. Somos adultos, responsáveis e livres. Não quero forçar nenhuma barra, mas também não posso esquecer o que houve. Eu gostei, mas respeito o fato de você não querer falar sobre isso. Também não acho que mensagens de texto sejam o melhor caminho para esse tipo de conversa. Então, caso mude de ideia e queira discutir, estarei a sua disposição. E fique tranquilo que isso não irá interferir em nosso contrato profissional. Sua

Capítulo 8 – Um Dia Com Ela

agência é referência de qualidade, foi por isso que os procurei. Espero que esteja melhor. Grande Abraço".

Acho que reli umas 200 vezes para conseguir absorver o conteúdo. Precisava voltar para casa. Fugir dali. Mas voltei meus pensamentos para a agenda do dia. Tinha uma dúzia de passeios programados e a Fernanda tornaria o dia extremamente divertido. Sorri com essa possibilidade.

Resolvi descer para tomar café sozinho. Todos já haviam saído para filmar. A Fernanda havia tomado café super cedo para correr no Central Park. Deveria ter ido com ela, mas depois de ontem ela deu uma folga.

Vestiu-se a tempo de ela bater na porta toda vestida de turista. Mas claro que com detalhes by Fernanda, como um sapatênis pink que combinava com seu lenço. – "Onde será que ela achava essas coisas para comprar?" – se perguntou. Estava com uma calça jeans surrada e carregava uma mochilinha de couro em um dos ombros, e pendurados entre a blusa e o lenço, um grande óculos tipo Chanel, que balançava enquanto ela gesticulava para falar. Os cabelos estavam presos em um coque meio descabelado. Era inevitável não sorrir ao olhar para ela.

A vida ao lado dessa maluca era fácil... "Porque você precisa complicar tudo, cara!?" – O Mauro horrorizado se perguntava.

Mauro optara por uma calça de moletom preta, tênis e uma jaqueta jeans. Óculos redondos completavam o look. Não estava muito disposto para arrumação durante toda essa turbulência.

Saíram por Nova York visitando museus, parques, praças, igrejas, mercados, cafés, monumentos... Tudo que estava no trajeto desenhado por ela. Foi um dia cansativo e puxado. Ela falava sem parar. Enchia os guias de perguntas. Fazia amizade com os turistas. Estava ajudando-o a esquecer o seu inferno particular. Assisti-la interagir com o mundo, era uma grande distração. A vida para a Fernanda era simples. Preto no Branco e ao mesmo tempo ela dava cor a tudo que tocava.

O dia passou rápido. Esquecer dos problemas foi maravilhoso. Estava menos ansioso ao retornar para o hotel, até avistar Júlio no bar com os demais. Sentiu uma vontade de correr dali, ao mesmo tempo que queria ficar ali. Algo havia se rompido dentro dele.

Fernanda também avistou o pessoal e acelerou o passo enquanto ele queria andar para trás. Correr se possível. Mas ela estava eufórica. Com certeza queria contar em detalhes tudo que fizeram nas últimas horas.

Fomos caminhando ao encontro dos demais. Meu inferno particular não podia atrapalhar os negócios. Júlio ficou indiferente, o que ajudou a manter as aparências. Eles estavam saindo para jantar. Como Fernanda e eu tínhamos acabado de tomar um super café da tarde, declinamos o convite.

Ao se despedirem, Mauro podia jurar que Júlio o acompanhou com o olhar até entrar no elevador. Podia sentir um calor queimar suas costas. Mas ao se virar todos já estavam na calçada. Desconfiou da sua imaginação.

Ele e Fernanda despediram-se no elevador. Ele estava hospedado no 12º andar e ela no 15º. Precisava dormir. Estava pregado. Foi direto para a ducha. Um banho demorado para relaxar os músculos. Queria aproveitar a exaustão do dia para desligar de vez. Uma boa noite de sono o ajudaria a esfriar a mente.

Saindo do banho ouviu uma batida leve na porta. Achou que fosse Fernanda vindo trazer algo que ele esquecera com ela. Pensou rapidamente no que poderia ter deixado com ela, mas nada lhe ocorreu.

Onde o Amor Está

Foi até a porta vestindo apenas de roupão. Mas ao abri-la, não era a amiga que estava do outro lado, era o Júlio.

CAPÍTULO 9

Visita Inesperada

Seus olhos se encontraram e as reações não eram mais tão estranhas. Todas voltaram de onde pararam: pulsação acelerada, olhar fixo um no outro, o rosto avermelhado do Júlio, a eletricidade percorrendo o corpo de Mauro. O calor.

Automaticamente ele deu um passo para o lado, e Júlio entendeu como um convite para entrar. Seus braços se tocaram e uma corrente elétrica cruzou o corpo de Mauro. Ainda sem pensar e tomado por essa energia, ele fechou a porta e se virou para Júlio que o analisava dos pés à cabeça.

Onde o Amor Está

    Júlio estava com uma calça jeans escura rasgada nos joelhos, uma camiseta preta, botinha de couro e os cabelos despenteados como de costume. Os olhos um pouco vermelhos como se tivesse chorado ou bebido. Seus olhares se encontraram novamente. Mauro sentia seu corpo inteiro formigar. Era muita energia. Eram sentimentos muito intensos.

    Sem perceber quem deu o primeiro passo, logo estavam frente a frente. Olhos nos olhos. As mãos de Mauro subiram automaticamente para o rosto de Júlio que também levou as suas para a nuca de Mauro. Ficaram se olhando. As mãos segurando seus rostos. O olhar de Mauro abaixou para os lábios de Júlio. A energia passou a controlá-lo. Como tinha que ser. Os lábios se encontraram. O gosto já era familiar. O calor aumentou. A vontade crescente. O beijo era quente, suave, doce, certo. A respiração de ambos ficou mais alta. O beijo mais intenso. Os dentes de Júlio roçaram os lábios de Mauro. Isso fez um arrepio percorrer sua espinha. Ele reconheceu o desejo.

    Estava na beirada do abismo. Lembrou de sua amiga dizendo "Será que não falta um pouco de... Sei lá... Um pouco de loucura!!?? Se apaixonar, por

Capítulo 9 – Visita Inesperada

exemplo... Sair dessa zona de conforto?". Estava à beira de cair. Se jogar.

Totalmente entregue a energia. Eles fluíram. As mãos já não estavam fixas em seus rostos. Elas desceram. Mauro percorria os ombros e costas de Júlio. Júlio agarrava ainda mais os cabelos de Mauro enquanto a outra mão descia e subia pelas suas costas. Quando Júlio deixou os cabelos de Mauro, desceu-as para frente do roupão junto com a outra mão. Os beijos pararam. Sem se afastarem, os olhos de Mauro se abriram encontrando os de Júlio brilhantes como duas bolas de gude. O rubor de seu rosto havia aumentado. O único som do quarto eram suas respirações ofegantes.

Mauro fechou os olhos. Estava em queda livre. Júlio puxou a faixa do roupão e o mesmo se abriu revelando parte do corpo de Mauro. A ereção de Mauro encostou o corpo de Júlio completamente vestido. O tecido rústico do jeans trouxe um incomodo bom. Voltaram a se beijar. Os corpos se aproximaram. O calor aumentou. A respiração ficou mais acelerada. As mãos de Júlio entraram pela fenda do roupão aberto, passaram pelo peito, braços e encontraram as costas nuas de Mauro. Ele tinha mãos quentes e suaves.

Mauro baixou suas mãos para a barra da camiseta de Júlio que entendeu o sinal, retirou as mãos das costas de mauro e as levantou para que sua camiseta fosse arrancada numa velocidade que mal deixaram de se beijar. As mãos de ambos percorriam as costas nuas um do outro.

Ficaram assim no que pareceu horas. Logo o roupão de Mauro estava no chão. Sentiu-se totalmente exposto quando Júlio se afastou e o olhou com luxúria. Não sentia vergonha do seu físico, pelo contrário nunca esteve em melhor forma. Tinha 1,80m de altura e devia pesar no máximo 80 kg. Tinha músculos bem definidos, pele bronzeada e há algum tempo havia aderido a depilação corporal, que deixavam os músculos ainda mais destacados. Curtia cuidar do corpo. Era uma distração bastante compensatória.

Quando os olhos se encontraram, Mauro agarrou Júlio pelos cotovelos e o puxou de volta ao encontro de seu corpo nu. Beijaram-se muito forte. O tecido da calça de Júlio estava incomodando ainda mais, agora que sua ereção estava explodindo.

Júlio ameaçou se afastar. Mauro abriu os olhos e mais luxúria encontrou nos grandes olhos verdes de Júlio que começou a desabotoar o cinto, sem deixar

Capítulo 9 – Visita Inesperada

de olhar para Mauro um segundo sequer. Mauro foi soltando os braços de Júlio que ainda agarrava.

Mauro sentiu gosto de sangue em sua boca. Não havia percebido que estava mordendo seu lábio inferior. Júlio continuou a desabotoar a calça lentamente e com as pontas dos pés nos calcanhares das botas, retirou-as e as jogou de lado. Deixou a calça cair no chão. Estava torturando Mauro. Fazia cada movimento muito lentamente. Ficou apenas de cueca olhando Mauro com a cabeça inclinada. Mauro respirava mais alto e apreciava o que estava vendo.

Júlio era um pouco mais baixo que ele. Tinha a pele bem clara e seu peito estava avermelhado pelos longos amassos. Era daquelas pessoas que quase não possuíam pelos pelo corpo. Apenas uma fina pelugem em algumas partes. Isso o deixava ainda mais jovem. Tinha os músculos bem mais definidos do que as roupas deixavam transparecer.

Quando Júlio colocou as mãos nas laterais de sua cueca box, Mauro se aproximou e colocou suas mãos sobre as dele tomando o elástico para si e desceu seu corpo junto com a cueca de Júlio, sem tirar os olhos daqueles olhos verdes cheios de volúpia. Quando suas mãos encontraram o chão e Júlio deu um pequeno passo para o lado, Mauro baixou os olhos e o olhou por inteiro com desejo.

    Sem pensar abocanhou o seu pau e chupou sem piedade. Júlio soltou um ruído gradual do fundo do peito. O desejo havia dominado os dois por inteiro. Estavam entregues. Mauro subiu esfregando seu corpo contra o de Júlio. Pele com Pele. Ereção com ereção. Mãos se perderam, beijos sufocaram, pernas se cruzaram. Suor, calor, desejo, luxúria.

CAPÍTULO 10

O Choque

Mauro despertou no que parecia um sonho. Estava confuso. Com sede. O quarto estava um breu. Só uma meia luz vinha da antessala. Foi despertando os sentidos e ouviu uma respiração próxima a ele. Um perfume o embriagou. Olhou para o lado e lá estava Júlio agarrado a um travesseiro, de bruços com o lençol só sobre seu quadril. Seu olhar se perdeu naquela visão.

Precisava de água. Saiu de baixo do lençol e caminhou até o frigobar na antessala. Lá encontrou roupas, roupão e sapatos espalhados pelo cômodo. As lembranças retornaram. Uma corrente elétrica passou por seu corpo. Estava tentando processar tudo o que aconteceu. Vai ver esse era o seu problema – "Você pensa demais rapaz!" – O Mauro derretido de desejo falou dentro dele. Ele pegou a água que tomou em um só gole e logo pegou outra. Quando fechou a porta do frigobar, sentiu um calor envolver seu corpo. Júlio o abraçava e cochichou em seu ouvido – "Pronto para outra rodada!?". – Foi o convite mais sensual que alguém lhe tinha feito. Se perderam um no outro novamente.

Mauro acordou em um sobressalto com batidas na porta acompanhadas de uma voz familiar. "Que horas deviam ser!?" – pensou. Depois olhou para seu peito e lá dormindo estava Júlio. Mais um sobressalto. Enquanto isso Fernanda já estava quase aos berros no corredor:

– Mauro, acorda! Já liguei umas 10 vezes para você. O que há de errado com você nesse lugar? Você está ficando surdo!? – disse, já sem paciência nenhuma na voz.

Mauro sentiu um arrepio de medo percorrer seu corpo com toda essa agitação do lado de fora, somada ao fato de não estar sozinho no quarto. Como atenderia a porta? Foi aí que tudo aconteceu rápido demais.

Capítulo 10 – O Choque

Os chamados cessaram, sendo substituídos por uma conversa no corredor. Júlio começou a despertar e um grande sorriso se instalou em seu rosto ao olhar para Mauro. Mauro quase se perdeu nessa linda visão, se não fosse o terror que sentiu ao ver a porta se abrir e a cara da Fernanda desmoronar, numa mistura de surpresa e vergonha.

Fernanda estava congelada na porta. Júlio não estava entendo nada do que estava acontecendo a sua volta. E Mauro corria nu para fora da cama. Ainda teve a cabeça da camareira olhando para dentro do quarto. A porta se fechou antes que Mauro chegasse até ela.

Júlio já estava de pé, parecendo absorver o ocorrido. Mauro estava parado no meio do quarto, completamente pelado, com as mãos na cabeça. Estava parado de costas para o quarto, de frente para a porta. Avistou o roupão que usava na noite anterior. Agarrou-o e vestiu. Sem coragem de olhar para trás e muito menos sair atrás de Fernanda.

Sentiu um calor familiar se aproximar e teve medo. Quis correr. Isso já estava ficando ridículo. Sentia-se uma criança fazendo feiuras e sendo repreendida. Era muito preconceito dentro dele. Eram

Onde o Amor Está

muitas vozes falando ao mesmo tempo. Estava enlouquecendo. A queda livre era infinita.
    Seus braços o envolveram e sua cabeça voltou a funcionar. Estava limpa. Parecia alguma mágica. Seu contato resolvia tudo. Desligou.

CAPÍTULO 11

Segredos

Tomamos banho juntos em silêncio. Ainda não queria voltar para o mundo real e acredito que nem ele. Ficamos nos olhando, nos admirando, nos embriagando um do outro.

Colocamos os roupões fornecidos pelo hotel e pedimos café no quarto. Foi o Júlio que quebrou o silêncio. Aquele rosto jovial me deixava muito confuso. Era difícil acreditar que ele era mais velho do que eu.

– Mauro... Preciso te fazer uma pergunta – disse ele com ternura na voz ao mesmo tempo que era sério e direto.

Levantei o olhar do laptop que estava trabalhando enquanto comíamos e o encarei sério, encorajando que falasse.

– Essa foi sua 1ª experiência? – Disse baixando a voz no final.

Pensei a respeito. Nunca havia sido questionado nesse assunto. Na verdade, nunca havia conversado com ninguém sobre isso. Era estranho poder ser quem eu realmente era pela 1ª vez sem tabus. Lembrei-me do Fábio. Da blusa que tanto amava e carregava há anos comigo. Suspirei... Como contar essa história para esse lindo rapaz que acabava de conhecer e ao mesmo tempo parecia ter vivido uma vida com ele? Tomei coragem. Precisava começar o processo de exorcismo dentro de mim:

– Sim e não. – Disse, e Júlio tombou a cabeça de lado, confuso. Continuei. – Venho de uma família muito religiosa. Muito mesmo. Desde sempre, eu sabia que havia algo diferente em mim, mas não sabia o que era. Quando entrei na adolescência fiquei ainda mais confuso. Adorava a companhia das meninas, tinha muitas amigas. Entendia a cabeça delas. Adorava aquele mundo de detalhes. Até aí parecia tudo normal. Foi quando reparei nos meninos. Isso

Capítulo 11 – Segredos

me assustou. Havia aprendido sobre pecado e tudo mais. Me isolei. Fiquei perturbado. – Fiz uma pausa.

Olhei a cara do Júlio para analisa-lo. Era a 1ª vez que contava sobre minha primeira vez para alguém. Me sentia assustadoramente a vontade com Júlio. Ele me olhou, encorajando que continuasse. Continuei.

– Pensei muito a respeito naquela época. Sobre pecados. Pensava que mentir também era pecado. Enganar os outros também era pecado. Prejudicar os outros era pecado. E para mim, não poder ser quem eu era me faria cometer mais pecados do que simplesmente ser, porque mentiria para minha família e amigos. Enganaria a todos. E o pior: certamente acabaria prejudicando alguma menina, fingindo retribuir um afeto. Fiquei maluco! – Levei as mãos para o ar.

– Os anos passaram e conheci um garoto novo na escola. Ele mudou-se de outra cidade e logo nos tornamos inseparáveis. Fazíamos trabalhos juntos, saíamos juntos, enfim... Estava feliz. Um dia ele dormiu em casa e a coisa aconteceu. Ficamos confusos como qualquer adolescente na sua 1ª vez. Não contamos para ninguém, mas meio que nos afastamos. Uma semana depois ele sofreu um acidente de carro e morreu. Fiquei perdido na época. Me senti culpado. Não sabia que era saudades. – Senti meu rosto gelar. Não havia percebido que estava chorando. Quase soluçando.

Não sei em que momento o Júlio levantou-se e me abraçou. Ele suspirou no meu pescoço e falou baixinho em meu ouvido: "Continua".

– Aquilo acabou comigo. Eu era um garoto confuso, cheio de hormônios e sozinho. Me isolei mais ainda. Só estudava. Nem das minhas amigas eu queria mais saber. Continuei assim com o trabalho. Logo estava trabalhando dia e noite. Comecei com 16 anos. Mal tinha tempo para sair. Era exemplar na escola e no trabalho, e fui conquistando minhas coisas. Nessa fase de conquistas já havia conhecido a Fernanda. Fomos estagiários na mesma empresa e ela sempre via além de mim. Me incentivava como ninguém. Sempre tentei contar para ela desse meu passado, mas sempre pareceu tão desnecessário e fui adiando. – Suspirei com a lembrança do olhar dela há pouco. – Mas esse último ano, os fantasmas voltaram a me assombrar. Passei a morar sozinho, me afastei da Fernanda e da família. O trabalho me tomou. Mas de repente tudo desabou. Um vazio se instalou dentro de mim... Acho que a história do Fábio me persegue até hoje.

Capítulo 11 – Segredos

Júlio me olhava com ternura. Me abraçou mais forte. Ficamos assim por um tempo interminável. Incrível como o tempo parava quando ficávamos juntos. Continuei depois de uma eternidade:

– Não sei o que vai ser do mundo que conheço. Estive evitando por anos esse confronto. Meus amigos, minha família, meu trabalho... Eu mesmo. – Apontei para mim nesse momento. Ele se afastou e sentou de frente para mim. – Porque Júlio, sou o maior preconceituoso que conheço. Eu nunca me aceitei. Sempre me condenei. Agora estou no limbo. Não sei o que fazer.

O choro veio. Um choro antigo que nunca deixei escapar. Estava preso, reprimido. Havia dor. Muita dor. Saudades. Amor. Meu 1º amor que nunca deixei de amar e também nunca me despedi.

Chorei por horas no colo do Júlio. Foi uma libertação. Me senti leve. Chorei pelo Fábio. Pela minha família. Por mim. Pela Fernanda. Pelo Júlio. Pelo amor. Pelo preconceito. Pela vida. Pela morte. Pela minha morte. Pela minha nova vida.

CAPÍTULO 12

Surpresa Esperada

Respirei fundo ao sair do banheiro. Estava melhor. Recomposto. Hora de voltar para a realidade. Encarar o Júlio, a Fernanda, a vida.

O Júlio já estava vestido sentado na antessala. Coloquei um jeans, tênis e camiseta branca. Não pude deixar de sentir o olhar de Júlio a cada movimento que dava pelo quarto. Mas precisávamos voltar para a realidade mesmo sem querer.

Parei na frente dele e o olhei como quem se desculpa. Abaixei o rosto na altura do seu e lhe dei um selinho nos lábios. Fechei os olhos e disse baixinho ainda em seus lábios:

– Isso é tudo muito novo para mim. Me desculpe se eu estragar tudo. Por que eu sei, é o que farei.

Ele segurou meu rosto com as duas mãos firmes e me esperou abrir os olhos. Testas grudadas. Respondeu:

– Estou com você.

Era tudo que eu precisava ouvir. Saímos do quarto. Ele foi dormir um pouco. Combinamos de encontrar com a turma mais tarde.

Fui direto para o quarto da Fernanda. Bati na porta e nada. Tentei ligar no celular. Nada. Já havia mandado mensagens de manhã e nada. Desci na recepção e descobri algo típico dela: ela havia fechado a conta e ido embora. Deve ter antecipado o voo, por que de acordo com a recepcionista pediu um taxi para o aeroporto. "Fodeu!" – pensei. Meu coração quebrou.

CAPÍTULO 13

Diversão

Ainda tínhamos essa noite, mais parte do dia seguinte antes de voltarmos para o Brasil. A equipe estava agitada e animada. Júlio passou quase toda a noite conversando com Melissa sobre sua agenda e compromissos. Eu aproveitei para organizar os assuntos da agência para minha volta e mandar outra mensagem para Fernanda, mesmo sabendo que ela devia estar voando.

Ninguém pareceu saber dos incidentes dos últimos dois dias ou simplesmente não se importavam. Quando perguntaram pela Fernanda, respondi dizendo que ela havia precisado antecipar o voo, ninguém questionou nada. O que era um alívio para mim. Sabia que minha vida pessoal nada tinha a ver com o trabalho, seja qual fosse a decisão que tomasse, mas odiaria fazer parte das fofocas de corredor.

Resolvemos sair para dançar naquela noite, já que usamos o fim da tarde e a hora do jantar para trabalhar. O Júlio ainda tinha muitos amigos na cidade e conhecia boa parte das baladas do lugar. Depois de algumas mensagens e telefonemas, decidiu nos levar para uma boate que ficava dentro de um hotel de luxo. Mais especificamente no terraço.

Fomos nos arrumar e nos encontraríamos mais tarde para sair. Eu resolvi ir vestido de preto dos pés a cabeça. De alguma forma me sentia de luto. Coloquei uma calça mais slim, camiseta e um blazer, nos pés um sapato simples meio social. Não curtia acessórios como colares ou pulseiras. Só estava sempre com um belo relógio, para compor meus looks.

Júlio foi o último a aparecer no saguão. Com seu ar jovial e aquela conhecida mistura do clássico/rock presentes em suas vestes. Usava uma calça de alfaiataria cinza chumbo, uma camisa estampada em tons de preto e branco e um colete preto. Nos pés um sapato social de amarrar de verniz. Ele parecia ter

Capítulo 13 – Diversão

saído de um catálogo de moda. Os cabelos estavam propositalmente bagunçados.

Chegamos rápido no lugar. O salão principal era moderno: decorado com muito vidro, espelhos e metais. Uma música moderna e contagiante harmonizava o lugar. As hostesses da recepção eram lindas e combinavam com o ambiente.

Bebemos numa área vip onde alguns amigos do Júlio estavam aguardando e dançamos um pouco, mas na primeira oportunidade nos separamos do grupo. Saímos para uma varanda externa que cercava toda a balada. Encontramos um espaço vazio em um dos cantos e encostamos para apreciar a vista da cidade. Corpos colados lado a lado. Sentia uma energia a nos percorrer como se estivéssemos conectados.

– Júlio... Você sente essa energia toda que eu sinto? – Disse sem desgrudar dele.

Ele colocou sua mão no meu ombro abraçando minhas costas e deitou sua cabeça no ombro livre e disse baixinho "Que tal sairmos daqui. Vamos voltar para o hotel!".

Acho que descobri a resposta.

CAPÍTULO 14

O Embate

Nossa 2ª noite foi tão intensa quanto a primeira. Cheguei a me questionar mentalmente de onde vinha tanto desejo, mas não precisei de muita reflexão para me lembrar o quão reprimido eu era. O quanto eu evitei me entregar a uma aventura como aquela. A uma paixão.

Júlio era totalmente desinibido. Cheguei a invejá-lo. Ele emanava entrega. Convocava o meu desejo apenas com um olhar. Suas mãos percorriam meu corpo como se já tivessem feito o caminho dezenas, milhares de vezes. Seu toque me enlouquecia. Era tão natural. Eu só queria estar ali. Eu só queria me perder nele. Eu só queria que o tempo parasse ali, para sempre.

    Depois de uma grande maratona de sexo, desatamos a conversar sobre os planos do dia seguinte. Teríamos menos de um dia. Sairíamos para o aeroporto no meio da tarde, mas Júlio queria me levar a alguns lugares especiais para ele, naquela cidade que por tantos anos fora seu lar.

    – Mauro, que tal almoçarmos na estação central? Ela não fica tão longe do hotel e têm um restaurante ótimo que gostaria de matar saudades. Na volta podemos passear um pouco pelo Central Park, andar descalços pela grama. O que acha? – finalizou Júlio olhando para cima. Ele estava deitado em meu peito enquanto falava. Só queria estar ali o máximo possível. Acenei que sim.

    Acho que cochilamos. Despertei com as primeiras luzes do dia atravessando as janelas do quarto. Olhei para o lado e Júlio não estava mais ali. Meu coração gelou. Levantei e olhei ao redor. Nada. Mas algo preso na porta me chamou atenção. Levantei em um pulo. Era apenas um bilhete.

    "Meu lindo, bom dia! Precisei voltar para meu quarto. Lembrei de uma reunião que tinha logo cedo com um patrocinador de São Paulo. Não quis acordá-lo. Mas nossos planos estão de pé. Nos encontramos no lobby do hotel às 12h. Beijo".

As palavras "Meu Lindo" ficaram girando em minha mente por alguns instantes. Um sorriso se formou no canto da minha boca ao mesmo tempo que gelei.

"Que porra era aquela que eu estava fazendo? Quem eu queria enganar?" – os pensamentos me tomaram. Senti raiva. Senti vergonha. Senti medo. Precisava pensar direito. Estar sozinho pela primeira vez em meses foi bom. Precisava colocar as ideias no lugar.

Lembrei de Fábio. Da confusão de sentimentos na época. Pensei no acidente poucos dias depois. Da tristeza e culpa que senti. Do buraco que se abriu dentro de mim. A blusa que ele esqueceu naquela noite. A blusa que tantas vezes me deram conforto. Mas aquilo tudo eram lembranças, misturadas com fantasia. Nada daquilo era real.

Me joguei de volta na cama e fiquei olhando para o teto. Eu só podia estar ficando maluco. Devia estar estressado, trabalhando demais, carente. Eu havia perdido o senso de realidade. Estava traindo tudo que acreditava. Fazendo tudo que eu condenava.

"– Como pude me deixar envolver dessa maneira?". – Pensei fechando os olhos com força, como se esse ato fizesse tudo sumir.

Um toque em meu celular me chamou de meus devaneios. Era uma mensagem da Fezinha. Dizia que tinha chegado e que depois conversaríamos melhor. Sem cumprimentos ou despedidas. Ela estava brava. Mas não tanto, já que me respondeu. Um dos últimos textos que mandei pedia desculpas. Isso deve ter amolecido o seu coração, junto com as horas de voo que deve ter ficado refletindo.

Esse era outro assunto que também teria que lidar. Como pude afastar a única amiga que tinha nesse mundo. A única que me escutava sem reservas. Mas eu sabia o motivo: ela me apoiaria incondicionalmente nessa loucura toda que eu estava me metendo. Se ela soubesse... se ela soubesse desde o começo a minha história, não teria me permitido fugir por tanto tempo. – Suspirei fundo fechando os olhos novamente.

Mas precisava trabalhar. Lidaria com Júlio e Fernanda depois. Chequei outras mensagens em meu celular. Haviam algumas da agência e duas ligações perdidas dos meus pais. Nem tinha lembrado deles

Capítulo 14 – O Embate

durante toda a viagem. Deviam estar preocupados, já que eu era de ligar com mais frequência do que deveria. Ser filho único tinha o seu lado ruim. Respondi a ligação com uma mensagem de texto. Lidaria com eles em outra hora também. Só queria focar no meu trabalho.

CAPÍTULO 15

O Passeio

Depois de um longo banho e barba feita, desceu para o saguão. Decidiu colocar calça jeans, camiseta básica e um sapatênis, para ficar confortável andando pela cidade.

Não havia tomado café da manhã. Estava completamente sem fome. Entregou-se ao trabalho como nunca para esquecer toda aquela confusão. Já tinha avisado a Lopes que ele e Júlio fariam programas alternativos aos que haviam combinado na noite anterior. O pessoal tinha combinado de visitar o Museu de História Natural. Talvez se encontrassem no Central

Park no meio da tarde para voltarem juntos ao hotel e de lá irem para o aeroporto.

Avistou Júlio ao sair do elevador. Ele estava encostado numa grande pilastra que ficava no centro do saguão. Ele estava vestindo uma calça jeans justa, tênis All Star vermelho, uma camiseta que tinha a estampa da Marilyn Monroe e um agasalho de capuz cinza. Estava com o capuz na cabeça que o deixava com cara de menino levado.

Como se ainda estivessem conectados, Júlio levantou a cabeça do celular e olhou direto para ele. Seu peito se agitou. Não tinha como controlar. Quando estava com Júlio toda a sua razão sumia. Uma vontade incontrolável de sorrir o tomou. Se entregou. Resolveria isso antes de voltarem para o Brasil, mas no momento só aproveitaria.

Ao saírem para o ar quente das ruas de Nova York, ficou pensando sobre essa conexão que tinham. "Será que isso acontecia com todo mundo? Será que duraria para sempre ou passaria com o tempo?". – Refletia.

Não podia deixar de sentir-se curioso com o futuro, com a fantasia de um futuro juntos. Percebeu nesse momento que estava com medo do fim. Teve pânico.

Capítulo 15 – O Passeio

Júlio o distraiu começando a falar sobre a arquitetura e história daquela cidade. Júlio sabia muitas curiosidades, que aprendera no tempo que morou na grande cidade. Mauro conhecia boa parte da história, mas era encantador ouvir Júlio explicar com tantos detalhes sobre as construções dos primeiros arranha-céus.

Decidiram caminhar algumas quadras antes de entrarem no metrô. Tudo em Nova York parecia estar conectado. Havia uma harmonia por trás daquele caos de metrópole.

Almoçaram no restaurante sugerido por Júlio. O lugar era charmosíssimo, dentro da Estação Central. O "clam chowder" era o melhor que comera na vida. De lá dirigiram-se para o Central Park. Aproveitariam um pouco do sol da tarde.

Sentaram-se sob uma árvore no meio do grande gramado. Júlio arrancou seus tênis All Star e dobrou as barras da calça. Deu umas passadas em volta de Mauro pisando na grama. Mauro o observava. Queria registrar o máximo de detalhes daquela cena que logo seria uma doce lembrança. Não queria pensar em nada, só aproveitar o mundo paralelo que se encontrava.

Os pensamentos sobre o futuro o deixara dividido o dia todo. De manhã demônios voltaram com força total e ele decidira parar essa loucura toda. Mas quando estava com Júlio a loucura parecia certa.

Questionou mentalmente considerar essa loucura como opção, mas caia em perguntas sem respostas como: "Como viveriam essa história ao chegar no Brasil? Como contariam isso para sua minha família e amigos? O que pensariam dele?".

Sua vontade era correr. Fugir. Contrariar todas as suas verdades era um ato impensável. Eram seus valores e crenças que estavam sendo questionados. Não tinha coragem de encarar e mudar essa realidade. Precisava esquecer.

Esquecer essa loucura toda era o mais sensato a fazer. Logo Júlio sairia em turnê e em breve o objetivo de mudar-se para outro pais também aconteceria, e Mauro não teria que tomar nenhuma decisão que não aceitar a triste realidade da separação. "Então para que prolongar o inevitável?". – Pensou. Não fazia sentido fazer todos a sua volta sofrerem por algo que não tinha futuro.

Júlio interrompeu seus devaneios jogando-se na grama de costas e deitando a cabeça em sua coxa.

Capítulo 15 – O Passeio

Os óculos redondos espelhados combinavam muito com o rosto delicado de Júlio. Um aperto no peito fez Mauro perder o ar.

– Lindo isso aqui, hein!? – disse Mauro disfarçando a voz esquiçada e olhando para a campina a frente.

Júlio pareceu não perceber e acompanhou o olhar de Mauro, virando-se de lado na grama e apoiando a cabeça no cotovelo. Soltou um grande suspiro. – Sinto muita falta de tudo isso. Se tudo der certo volto para cá em breve e te trago comigo. – Voltou a cabeça na coxa de Mauro e sorriu para ele com malícia.

"Como resistir a isso?". – Pensou Mauro enquanto retribuía o sorriso.

Júlio se mexeu e deitou de costas na grama ao lado de Mauro com as mãos sobre a nuca, aproveitando o calor que passava pela sombra da árvore.

Mauro se perdeu em seus demônios novamente. Seus olhos encheram-se de lágrimas. Os óculos escuros o protegeriam do olhar de Júlio, que agora se distraia com seu celular.

CAPÍTULO 16

O Retorno

As horas voaram. Logo estava arrumando as malas e descendo para o lobby à espera do transporte para o aeroporto. Muita agitação e cansaço. Cada um estava absorto em seu mundo particular. Voltas de viagem eram sempre assim: conversas altas e animadas na chegada e grandes suspiros de cansaço e saudades na volta.

A van que veio buscá-los era espaçosa. Cada um se jogou em um banco. Júlio sentou-se no fundo e olhou para Mauro como um convite, que ele se permitiu, adiando por algumas horas o processo de separação. Dirigiu-se até o banco vazio ao lado de Júlio.

Viajaram em silêncio, mas a energia estava ali presente. Mauro esforçava-se para não desabar de vez. Precisava aguentar mais algumas horas. Se entregaria ao abismo em seu apto, sozinho. Não podia imaginar o tamanho do buraco que cavara nesses últimos dias. Sabia que pagaria um alto preço por essa entrega.

Comeram no café do aeroporto todos juntos, jogando conversa fora, comentando sobre as saudades da culinária brasileira nesse pequeno período. Júlio parecia relaxado. Mauro conseguia se portar melhor cercado de funcionários. Podia desempenhar bem seu papel profissional e esquecer o pessoal.

Embarcaram todos separados novamente. Mauro aproveitou para engolir 2 comprimidos para dormir. Precisava fugir por algumas horas.

Chegando no Brasil cada um tinha seu próprio transporte de volta. Despediram-se na área de bagagens. Júlio deu um grande abraço em Mauro, com fortes batidas em suas costas e agradecendo por tudo. Ao se afastarem, Mauro não pode deixar de reparar nos olhos avermelhados de Júlio por trás das lentes dos óculos escuros. "Ele esteve chorando!?" – pensou.

Já no taxi, jogado no banco de trás, Mauro se permitiu repassar todos os planos futuros. Não teria

Capítulo 16 – O Retorno

mais contato com Júlio, além do necessário na agência, cercado de profissionais. O contato de Júlio era Paulo e Lopes. Se quisesse não precisaria vê-lo nunca mais e poderia utilizar essa oportunidade para enterrar o assunto de uma vez por todas. Bufou alto o que fez o taxista olhá-lo pelo retrovisor. Mauro o ignorou completamente e voltou para seus pensamentos: "A quem eu estou tentando enganar?" – pensou com tristeza. Sentia o buraco cavado se abrir ainda mais.

Aproveitou o longo caminho até sua casa e ligou para Fernanda. O telefone chamou até cair na caixa postal. Mauro decidiu deixar uma mensagem. Não poderia adiar fazer as pazes com ela, ainda mais agora que precisava de uma amiga mais do que nunca. Estava sendo egoísta como de costume.

"Oi Fezinha... Eu cheguei. Quero te ver. Precisamos conversar. Preciso lhe explicar algumas coisas. Por favor me liga. Estou chegando em casa agora e não devo ir para a agência hoje. Podemos jantar juntos ou você poderia ir lá em casa mais tarde. Por favor me liga!".

CAPÍTULO 17

A Verdade

De volta a realidade. Entrei em meu apto, estava tudo diferente. Eu estava diferente. Havia um enorme vazio, uma solidão. Desabei no sofá. Fiquei olhando para o teto. Estava pronto. O choro podia me tomar agora, sozinho. Mas nada. Estava vazio. Seco. Quebrado.

Resolvi tomar um banho demorado. Estava confuso por não estar em pânico. Havia esperado por horas por esse momento sozinho, para me entregar ao buraco que cavei. Mas nada. Queria ser punido pelas decisões que tomei. Pelo plano de fuga que tracei.

Sai do chuveiro e ouvi meu celular tocando. Finalmente, era a Fezinha. Atendi. Sua voz estava fria e seca. Nenhum traço de sorriso ou alegria em me ouvir.

– Fala Mauro. – Disse uma estranha voz do outro lado.

– Oi Fezinha! Senti saudades suas... – disse com o máximo de sinceridade e ternura que consegui.

– Pois eu não senti saudades de ninguém! O que você quer!? Estou super ocupada aqui. – retrucou com voz teimosa.

Sabia que ela cederia, senão não teria me ligado. Só precisava usar a combinação certa de argumentos e o apelo emocional estaria lançado.

– Estou precisando de você. Fui um cuzão e acho que fiz merda... Me ajuda!? – pedi com o máximo de humildade que pude reunir.

Não estava fingindo, sabia que tinha feito um monte de escolhas estúpidas. Esconder minha história dela foi uma dessas escolhas. E inconscientemente, sabia que faria mais merda com a minha decisão de fuga. Precisava dessa maluca mais do que nunca. Ela seria meus olhos no meio dessa cegueira toda. Teria que ouvir suas verdades doesse o que doesse.

Houve um silencio do outro lado. Uma fungada chateada. – Você é FODA Mauro!!! – respondeu a

Capítulo 17 – A Verdade

velha Fernanda que tanto amava! – Estou indo para a sua casa em uma hora. E pelo amor de Deus: Vê se não FERRA com tudo dessa vez, ok? Estou cansada de suas palhaçadas. – E desligou com tudo.

Estava fodido isso sim. Seria uma hora de bronca, outra de xingos, depois uma de perguntas, para quem sabe conseguir umas reflexões, que "talvez" me ajudasse em alguma coisa.

O interfone tocou uma hora e dez minutos depois que desligamos o telefone. Liberei sua entrada e fui até a porta aguardá-la. Avistei ela saindo do elevador com o queixo empinado. "Ai!" – pensei.

Ela me lançou um olhar fulminante. Abri mais a porta e ela passou como um raio, sem falar nada. Fechei a porta atrás de mim e ela se virou com os braços cruzados, bufando. Nem largou sua bolsa e começou:

– Que palhaçada foi aquela, Mauro!? Onde foi que eu perdi o meu amigo? Onde foi que ele se transformou em outra pessoa e esqueceu de comunicar sua melhor amiga? O que há de errado com você? – colocou as mãos na cintura e ficou me encarando com o corpo trêmulo de raiva. A alça da sua bolsa tentava se equilibrar na beirada do ombro.

Respirei fundo e comecei a explicar tudo. Disse que sentia muito, que fui um fraco, um covarde. Não conseguia assumir para mim mesmo quem eu era, quem dirá falar em voz alta para alguém. Mesmo que esse alguém me aceitasse mais do que eu. Contei sobre o Fábio. Contei das minhas dúvidas e preconceitos. Vomitei tudo como deveria ter feito há anos.

Estava vazio. Estava leve. Uma sensação de alívio me tomou. Sabia que ainda teria muito que resolver dali para frente, mas saber que a Fezinha sabia de tudo era um alívio, mesmo que ela saísse porta afora naquele minuto.

Ela estava sentada na beirada do sofá. Sua bolsa se desequilibrou há tempos e estava no chão. Fernanda estava sem fala. Isso era algo inédito de se ver. Absorvia minhas últimas palavras. Ainda não tinha contado minhas decisões para o futuro. Precisava trazê-la para o meu lado primeiro.

– Mauro. Eu sempre soube. – Disse ela piscando seus olhos, como quem volta de um sono profundo. – Eu não entendo porque tamanha confusão para algo tão natural. – Me olhou séria.

Essa era minha amiga. Por isso a amava tanto. Sorri por dentro.

Capítulo 17 – A Verdade

— Mauro! – falou mais alto – Você faz muito drama! Isso é quem você é. Simples assim. Não têm quem possa com a verdade. Você não percebe, que é essa mentira toda que você tenta viver, que envenena tudo que você toca? – questionou ela. – Eu nunca falei nada porque achava que era você quem devia me contar se quisesse. Mas se eu soubesse que você não falava sobre isso porque estava fugindo e não porque estava se reservando, já teria dado uns bons tapas em você! – finalizou empinando o nariz.

— Mas Fê... – fui interrompido com uma mão que subiu na minha cara pedindo para parar.

— Pode parar com esses "mas...". Não têm "mas" Mauro! Cresce, pelo amor de Deus!!! – e se levantou e colocou-se a andar de um lado para o outro – Cara! Você gosta de homem e daí!!! Estamos no século 21 pelo amor de Deus! Não importa de quem ou do quê você gosta. O que importa é se isso te faz bem. A escolha é sua. Você é um homem feito. Não deve nada para ninguém. Sua intimidade é problema seu. Seja feliz uma vez na vida! – e me olhou séria.

Suspirei... Ela tinha toda razão. Eu precisava crescer. Parar com esses adiamentos. Mas minha decisão já estava tomada.

Como se lesse meus pensamentos "covardes", ela perguntou o que eu não queria pensar:

– Bom... O Júlio, pelo visto, é bem resolvido nessa questão, já algumas pessoas... – e me olhou com desdém – Ele tem um plano para ajudar com essa história toda? O que vocês combinaram?

Não podia cometer o mesmo erro novamente e esconder algo dela. Fechei os olhos e contei minhas decisões:

– Concordo com você. Sou um covarde. Tento viver uma mentira. Mas não existe outra opção para mim. – E olhei para ela de relance. – Acabou! Decidi quando entrei naquele avião. A história com Júlio não tem futuro. Me entreguei a essa loucura toda. Essa aventura. Me permiti. Mas deu. Preciso retomar minha sanidade, minha vida. Chega de lamentações. Agora sei o que é isso que sinto e vai ser melhor para todo mundo deixar isso para lá. Perdi o medo de falar dos fantasmas. Mas os fantasmas estão mortos. Enterrados. No passado e é lá que irão ficar. – Olhei sério para ela.

A boca da Fernanda estava escancarada. Ela estava perplexa com minha fala. Levou segundos para voltar a feição normal. Abriu e fechou a boca

Capítulo 17 – A Verdade

algumas vezes, como se o processamento estivesse lento. Até que tomou coragem e soltou com olhos estreitos olhando para mim:

– Você é um puta de um covarde mesmo! Você é um puta de um mentiroso! E mais: você está completamente louco! Errado! – pegou sua bolsa do chão e ameaçou levantar-se e sair.

Fui até ela e a empurrei de volta para o sofá. Me ajoelhei na sua frente. Olhei para seus olhos. O buraco se abriu. Finalmente a dor surgiu. Senti meus olhos encherem de lágrimas. Minha visão nublou. Ouvi um estrondo. Era meu corpo tremendo. Um grito alto saiu do meu peito. Soluços, lágrimas e tremor. Joguei minha cabeça no colo dela. E chorei.

Esvaziei. Minha mente estava em silêncio. Mas meu coração ferido. "O que seria de mim agora? Como poderia viver sem sentir aquela energia? Aquele desejo? Como poderia viver sem Júlio?" – pensei com pesar enquanto os soluços cessavam. Não haviam mais lágrimas. Estava seco. As mãos da Fernanda acariciavam meus cabelos.

Não havia mais nada para dizer. As opiniões da Fernanda no fundo eram as minhas opiniões também. Ficamos sentados no sofá. Ela me abraçava e minha cabeça repousava em seu ombro. Fui me acalmando. A Fezinha ficou lá enquanto precisei.

    Nos despedimos horas depois. Não jantamos. Não bebemos. Ela me deixou com minha dor. Só eu poderia curar a ferida.

    Fui para o quarto. Precisava dormir. Precisava retomar a minha vida. Não poderia lidar com toda essa bagunça, exausto como estava.

CAPÍTULO 18

O Reencontro

Os dias anteriores pareciam fazer parte de um passado distante. Estava renovado na manhã seguinte. Sabia que me iludia achando que havia exorcizado os fantasmas, mas teria que aprender a viver sem temê-los. Minha decisão estava tomada, mesmo que errada, ela era a que podia lidar nesse momento.

Fui para a agência cedo. Renata já estava na mesa dela. Ela era daquelas assistentes supereficientes. Trabalhava comigo desde que abrimos a agência. Além de minha assistente, também cuidava da minha agenda. E apesar de trabalharmos bem próximos, tentava manter uma certa distância dos assuntos pessoais. Se bem, que desconfiava que ela sabia bem mais da minha vida pessoal do que eu havia contado.

Ela era uma moça magra, alta e com cabelos longos loiros, e a cada semana estavam numa cor diferente. Algumas escolhas destacavam ainda mais seus grandes olhos verdes.

Coloquei todos meus e-mails em dia. Marquei reuniões de alinhamento de projetos. Conversei com o Lopes sobre a agenda de criação para material do projeto de Júlio, e suas visitas a agência. –Mais para poder fugir de possíveis encontros, do que para participar das decisões. Tudo foi voltando ao normal. Estava leve. Parecia finalmente controlado. O medo sumiu. O vazio diminuiu significativamente. O trabalho tinha esse efeito.

Após o almoço, Renata colocou a cabeça na minha porta. Estava com os cabelos alaranjados essa semana. E disse: – O seu cliente está aqui para vê-lo.

Demorei alguns segundos para processar. Lembrava que minha agenda estava livre naquela tarde. Fazia questão de não agendar ninguém em dias que voltava de férias ou trabalhos externos, justamente para poder colocar a casa em ordem. A Renata deve ter percebido minha confusão e completou.

Capítulo 18 – O Reencontro

– O Sr. Júlio está aqui. Posso mandá-lo entrar? – perguntou afobada.

Pisquei várias vezes. Mil pensamentos passaram por minha cabeça. Fui pego de surpresa. Não estava preparado para um encontro inesperado nesse momento. Percebi o desconforto da Renata na porta. Precisava me livrar dela. Precisava me livrar dele.

– Ah!... Sim. Peça para ele entrar. Obrigado.

Ela saiu apressada e logo apareceu conduzindo Júlio, que estava vestindo calças jeans surradas, camisa branca, cinto e botas pretas. Hoje estava de óculos de grau. Aquela energia surgiu e eu a controlei levantando de minha mesa e estendendo a mão para cumprimentá-lo, enquanto Renata fechava a porta.

Sua mão suave demorou-se no nosso aperto. Seus olhos estavam tristes. Seu sorriso era fraco. Mas a voz estava firme contradizendo suas feições:

– Oi Mauro! Só dei uma passada aqui para alinhar alguns detalhes com o Lopes. Devemos fechar todo o material até a próxima semana. – Ele se sentou numa das cadeiras vazias de frente para a minha mesa enquanto eu caminhei, controlando minha respiração, para minha cadeira. Evitar contato visual ajudava a manter o equilíbrio

Ele me olhou com aqueles grandes olhos verdes. Senti a energia. Estava com medo de perder a coragem de colocar um grande ponto final nessa história. Respirei e abri a boca, mas sua fala interrompeu a minha.

– É sério que você está fazendo isso com a gente? Vai mesmo fingir que nada aconteceu? Que não sente mais essa energia? – e apontou eu e ele, como se uma corrente nos ligasse.

O que dizer? Como mentir? Precisava de coragem! Precisava acabar com essa história. Precisava ignorar tudo isso que ele disse.

Ele se levantou e caminhou até mim e se encostou na mesa, algo para diminuir a distância entre nós. A essa altura, ele já devia ter percebido que eu ficava diferente na sua presença. Estava usando isso a seu favor. Quando levantei o olhar, ele continuou.

– Mauro, não quero pressioná-lo, nem nada similar, mas eu sinto algo diferente com você, uma conexão que nunca senti antes com ninguém. Não acho certo desperdiçar isso. Entendo que isso tudo é novo para você, mas eu preciso saber onde estou pisando. Preciso ter uma ideia do que se passa na sua cabeça. Darei tempo ao tempo, não têm como

Capítulo 18 – O Reencontro

ser diferente, mas preciso saber. Você precisa falar comigo. – E colocou a mão sobre a minha.

– Júlio... – tive raiva do meu tom de voz insolente. Tirei minha mão debaixo da sua pele. Aquilo estava me distraindo e continuei. – Precisamos ser realistas. Você tem grandes planos para seu futuro. Logo mais entrará numa longa fase de apresentações e precisa estar com a cabeça tranquila para lidar com tudo isso. Não quero ser uma confusão na sua carreira. Vivemos algo maravilhoso em Nova York. Concordo com você: existe uma energia entre nós. Nunca irei me esquecer, mas eu também preciso colocar minha cabeça no lugar. Tenho muitos projetos aqui agora. Precisamos encarar a realidade, não temos nenhuma chance juntos. – Minha raiva aumentou. Queria dar um soco na minha própria boca. "Como podia falar tanta merda!" – pensei.

A cara de Júlio estava muito parecida com a da Fernanda. A quem eu queria enganar. A perplexidade era palpável dentro da sala. Ele acabara de se declarar para mim e eu acabei de dar um pé na bunda dele. Ele engoliu em seco e levantou violentamente da beirada da mesa. Sua cara foi de perplexidade para ódio. Disse alto: – Você é um grande Filho da Puta!!! Um mentiroso!!!

E saiu em direção a porta. Abriu com violência. Não faço ideia de como a maçaneta sobreviveu e largou aberta.

Renata entrou correndo em minha sala. Pelo visto a fala de Júlio fora alta mesmo, mas nesse momento Júlio voltou e disse ironicamente:

– Mas pode ficar tranquilo que a conta é sua, afinal, não devemos misturar negócios com prazer! – E piscou para mim sumindo novamente.

Renata estava perdida dentro daquela sala. Olhou para mim sem dizer nada. Eu a ignorei e ela evaporou fechando a porta.

Agarrei meus cabelos. "Cacete! Que merda tinha sido aquilo" – meu coração afundou ainda mais.

O dia se arrastou depois da visita de Júlio. O som do xingamento ecoava em minha mente perturbando meus pensamentos.

CAPÍTULO 19

De Volta a Realidade

Finalmente a rotina se instalou novamente. O vazio fazia parte de mim e já não incomodava tanto. Semanas se passaram. O projeto do Júlio ficou formidável. Lopes estava otimista em inscrevê-lo para premiação de vídeo clips anuais. Júlio pareceu bastante satisfeito. Evitei todas as reuniões, mesmo que a Renata insistisse em me lembrar de todas elas, me convidando para ir com ela. Lopes estranhou no começo, mas com a entrada de novos Jobs e a participação da Renata, achou sensato eu não me envolver tanto na conta, que na verdade era do Paulo. Como Júlio nunca mais me convocou para nada, facilitou a minha saída definitiva do projeto.

Soube que as turnês de apresentações tiveram início no mês anterior. As lembranças já haviam virado saudades. Pude ficar em paz. O trabalho me tomou ainda mais. De 12 horas passei a trabalhar 15. Corria a noite ao chegar em casa para ficar exausto e não ter energia para os pensamentos. A insônia deu uma trégua.

A Fernanda também estava empenhada em me ajudar. Passou a me ver toda sexta-feira. Ora almoçávamos, ora ela vinha tomar café no escritório. Nunca mais falamos de Júlio ou dos meus fantasmas, mas o vazio estava lá. Pensava em Júlio todos os dias. Ele substituiu a blusa do Fábio em minhas lembranças e fantasias.

— Mauro, precisamos aprovar a contratação da assessoria de "clipping" para o Júlio. — Disse Paulo jogando-se na cadeira.

Ele tinha esse costume, de chegar na minha sala falando sem cerimônias. Demorei para assimilar o que ele estava falando. Fiquei confuso. Não fazíamos

Capítulo 19 – De Volta a Realidade

"clipping" para clientes. Normalmente eles contratavam uma assessoria indicada por nós.

– Não entendi Paulo – retruquei confuso e levantei o olhar do laptop para dar mais atenção ao assunto.

Lógico que, por mais que eu estivesse evitando de encontrar com Júlio, sabia de tudo que se passava em seu projeto. Mantínhamos reuniões semanais na agência, onde todos participavam como uma espécie de resumo em forma de apresentações. As reuniões não duravam mais de 30 minutos e mantinha toda a agência a par dos projetos em andamento e das novas contas. Além da reunião semanal com as equipes eu também recebia toda a pauta discutida nos encontros do projeto de Júlio. E sabia que o assunto "clipping" não havia sido discutido. Isso era novidade. Fiquei interessado.

– Tivemos uma reunião ontem por Skype e Júlio acha mais viável controlarmos e analisarmos os clippings para ele, como donos da conta, filtramos o que achamos melhor e sugerimos alguma ação ou divulgação extra. De acordo com o contrato dele conosco ele pode exigir isso mesmo, e eu sinceramente achei ótimo, porque assim medimos os resultados de nossas criações e ações. Você sabe que nem sempre o cliente passa os feedbacks que precisamos para alinhar a equipe, certo? – Explicou e constatou Paulo. – Mas disse que conversaria com você e hoje daria um retorno para a Melissa. Então, o que você acha? Posso mandar bala? – aguardou Paulo, mexendo em um peso de papel sobre minha mesa.

"Como será que ele reagiu ao ouvir o meu nome!?" – Pensei e esse pensamento convocou uma avalanche se sentimentos e lembranças. Pensei nas suas reações e feições. Já faziam quase 2 meses que não nos víamos ou nos falávamos. O tempo ajuda a amenizar as emoções e nos enche de saudades. Eu estava com muitas saudades de Júlio. Saudades do seu olhar, do seu toque, do seu calor, daquela eletricidade que nos conectava, do seu beijo... Estava difícil me concentrar em Paulo naquele momento.

– Claro! – disse, voltando o olhar para o meu laptop amenizando assim, qualquer emoção que poderia estar explícita no meu olhar – Você quem sabe. E continuaremos usando as reuniões de sexta-feira de manhã para alinhamento e você já pode acrescentar os resultados para a equipe. Vamos ver onde isso nos leva.

Capítulo 19 – De Volta a Realidade

— Valeu! — Paulo já estava de pé a caminho da porta, antes mesmo de eu finalizar a fala.

Balancei a cabeça sorrindo. Era fácil trabalhar com Paulo. Só falar de Júlio que não havia sido nada fácil. O que faria com todas essas lembranças que voltaram?

CAPÍTULO 20

Ciúmes

Paulo agendou uma reunião extra com a equipe e me convocou. Iria apresentar o 1º material enviado pela agência de "clipping". Eram matérias e anúncios que citavam Júlio na última semana. A ideia era analisarmos os anúncios e matérias dos jornais e revistas, para traçar estratégias de ações com os jornalistas da área cultural, bem como alterações das artes dos anúncios.

Como seria uma reunião interna, sem a participação do cliente – Júlio – eu resolvi comparecer, mais pela curiosidade na vida pública de Júlio, do que pela reunião em si.

Foi então, que minha tão sofrida tranquilidade foi erradicada: no meio de tantas matérias, uma me chamou a atenção. Júlio aparecia sorrindo, abraçado com um rapaz. Estavam numa praia, Rio de Janeiro eu acho. A legenda dizia: "– Jovem talento e seu novo "affair" curtem um dia de sol na praia…". Parei de ler após a palavra praia.

Minha visão sumiu. O ar faltou em meus pulmões. Pedi licença. Fingi atender o celular e sai correndo para a minha sala. Me tranquei lá. Corri para o laptop. Abri o "google" e pesquisei: "Júlio Batista". Muitas fotos da orquestra, fotos de Júlio posando, anúncios e a foto com o tal "affair".

"Desgraçado!" – pensei.

Eu devia ter desconfiado. Ele só pediu para o Lopes cuidar do "clipping" porque sabia que eu iria ver o que ele queria que eu visse. Fiquei puto por ter sido manipulado. Ele não podia envolver a minha agência na nossa história.

Um calor percorreu meu corpo. Estava com raiva. Muita raiva. Queria socar alguém. Queria socar aquele cara ao lado de Júlio. "Ciúmes!!! Eu estou com ciúmes!!!". – Fiquei incrédulo jogado em minha cadeira.

Capítulo 20 – Ciúmes

Não podia deixar isso para lá. Sabia que ele esperava uma reação da minha parte, afinal na vida era sempre "Ação e Reação". Peguei meu celular e digitei uma mensagem para ele:

"Parabéns! Quando será o casamento? Precisamos saber com antecedência para organizar sua publicidade" – enviei.

Me arrependi no mesmo segundo que cliquei no botão. O que eu estava fazendo? Não podia falar com um cliente dessa forma. Podia prejudicar a agência. Abaixei a cabeça nas mãos já arrancando os meus cabelos. Isso foi um ato totalmente leviano. Não combinava comigo. Mas meu arrependimento foi interrompido pelo som de uma mensagem.

Era Júlio. Como eu previa ele esperava minha reação. Mais uma vez me senti manipulado.

"Filho da Puta!" – Rosnei baixo e li a mensagem.

"Fique tranquilo! Provavelmente não irei querer publicidade, afinal trata-se de um momento particular. Essa foto foi um acidente. Mas você será, sem dúvida, convidado para a cerimônia. Faço questão!"

Soltei tantos palavrões aos berros, que a Renata apareceu com seus cabelos azuis na minha sala.

— Mauro? Está tudo bem por aqui? – disse ela ofegante por ter corrido de sua mesa até minha sala. Tinha me exaltado.

Olhei para ela tentado respirar e me recompor. Precisava de uma desculpa qualquer só para tirá-la dali.

— Nossa! Está sim. Desculpe. Estou apanhando dessa nova versão do meu celular. Acho que deletei toda a minha agenda. – E olhei para ela com uma cara de desespero.

Ela ficou claramente desconfiada, afinal estava na reunião de clipping e viu quando sai. Tinha certeza que a Renata sabia mais de mim do que eu imaginava. Ela me olhou com preocupação, mas saiu e fechou a porta. Apesar da proximidade e da minha desconfiança, não tínhamos esse tipo de abertura para falarmos assuntos pessoais.

Tinha marcado um almoço com a Fê. O dia não poderia ser melhor. Imprimi o clipping que me atormentou e coloquei no bolso. Sai para o ar frio das ruas de São Paulo. Precisava andar. Precisava respirar. Cheguei antes dela no restaurante. Não estava com paciência para frescuras sobre lugar. Por isso peguei a mesa que ela sempre escolhia e deixei sua cadeira

Capítulo 20 – Ciúmes

preferida desocupada. Ela chegou 20 minutos depois. Estava inquieto. Ela veio em minha direção sorrindo.

– Olá! Chegando antes de mim!? – falou com ar sarcástico, enquanto me dava um beijo no rosto e puxava a cadeira que deixei para ela.

Como o dia estava frio ela estava com diversos acessórios da época: gorro, cachecol e casaco. Estava linda como sempre. Não entendia porque eu tinha que ser tão complicado. Sempre imaginava a Fernanda como uma ótima parceira para alguém de sorte. E eu poderia ser esse alguém se eu não fosse tão complicado. Espantei esses pensamentos, levantei o rosto para beijá-la e voltei minha atenção para os palitos picados na minha frente.

– O que há de errado? – ela perguntou enquanto pegava o cardápio da mão do garçom

Peguei a foto do bolso e joguei na mesa. Aguardei.

Ela pegou a folha impressa e leu a matéria sobre o jovem talentoso Júlio, violoncelista da orquestra sinfônica de São Paulo, que curtia dia de folga nas praias cariocas com seu novo "affair" Caio. Uma grande foto colorida ilustrava a matéria. Os dois, lado a lado, de sunga e óculos, sorriam com bebidas nas mãos.

– É... Parecem felizes. – Disse passando a folha para mim. – E acho esse tal Júlio muito corajoso! – me olhou desafiadora.

Fechei os olhos e a cara para ela. Quando a olhei novamente, ela me encarava com um olhar meio maternal e senti pena de mim mesmo.

– Mauro, você não pode culpá-lo de seguir em frente. Foi você mesmo que disse que não queria nada disso para você. Decidiu colocar um ponto final na história e o afastou da sua vida. – Cruzou as mãos sobre a mesa teatralmente, como uma mãe faz quando começa a perder a paciência. – Espera aí! Você está com ciúmes? – perguntou de repente, meio que surpresa com a descoberta.

Minha raiva aumentou com sua constatação. Ouvir aquela afirmação na voz de outra pessoa era simplesmente uma tortura. "Filha da Puta!". Queria matá-la também. Hoje o dia estava difícil.

Olhei com cara feia para ela quase rosnando, que retrucou:

– Nem vem me culpar ou descontar em mim! – colocou as mãos como escudo – fui a primeira a dizer que você estava errado, se enganando. Teve a felicidade nas mãos e jogou fora. Agora encare que

Capítulo 20 – Ciúmes

perdeu. Não era isso que você queria? Fugir, deixar para lá, enterrar! Olha aí – e apontou para a foto – ele está em outra. Foi. Passou. Agora Mauro, vê se aprende alguma coisa com essa merda toda e para de choramingar. Vamos comer que tenho que voltar. – E voltou a atenção para o cardápio.

– Mas tem mais – disse derrotado olhando para minhas mãos – Acho que ele fez de propósito. – E olhei para ela aguardando sua reação.

– De propósito!? Você se acha mesmo, hein Mauro? De propósito como? – disse ela devolvendo o cardápio para o garçom e pedindo seu prato educadamente enquanto era grosseira comigo.

– Semana passada ele solicitou que fizéssemos seu "clipping" e você sabe como isso é muito trabalhoso. Sempre recomendamos uma agência especializada e passamos a bola. Mas ele insistiu com o Paulo, o convenceu, que consequentemente me convenceu também. Nada me tira da cabeça, que ele queria que eu visse isso!!! Ele sabia que eu veria essa merda! – e joguei a folha no meio da mesa de novo.

Ela olhou da folha para mim e balançou a cabeça. Não disse nada. Eu continuei.

— Calma que tem mais – continuei e seu olhar se arregalou – Daí eu fiquei puto. Sai da reunião espumando. Não aguentei e mandei uma mensagem sarcástica para ele – passei o celular para ela ler – e ele retrucou piorando mais ainda a minha raiva! – bufei.

Ela leu as duas mensagens e me devolveu o telefone. Ficou pensativa enquanto soltava o ar lentamente olhando para o nada.

E começou falando bem calma, como uma professora do jardim de infância. Talvez eu estivesse me portando como uma criança então, ignorei esse detalhe.

— Mauro! Eu concordo que essa história do clipping está estranha. Talvez ele tenha feito mesmo para chamar sua atenção. Mas você acha que ele está 100% errado? Você deu um fora nele, segundos depois dele se declarar para você, meio que sugerindo vocês tentarem algo. – Ela fez uma pausa esperando que eu acrescentasse algo como não fiz e continuou.

— Você não desconfia que ele ainda gosta de você? Essas coisas "positivas" não passam pela sua cabeça doente!? – Perguntou ela que agora estava mais agressiva e já sem paciência. – Às vezes eu acho que você é meio masoquista, sabe, Mauro.

Capítulo 20 – Ciúmes

Tem a oportunidade de entender o que se passa com você, encontra alguém bacana que te aceita e gosta de você, que estava disposto a te ajudar e você joga tudo para o alto para tentar viver uma vida medíocre e vazia! – Finalizou ela puta da vida.

    Não tinha mais o que falar. Ela estava certa. Eu sabia que estava errado. Que estava ignorando todos os sinais que a vida estava me mandando. Eu ia perder o Júlio de vez, se é que já não tinha perdido.

CAPÍTULO 21

O Convite

Na semana seguinte decidi parar de abrir os resumos. Não queria saber da vida dele. Coloquei uma pedra nesse assunto. Júlio ficaria no passado de vez. Onde era o seu lugar.

Algumas semanas depois desse episódio do clipping e da minha decisão, Paulo me avisou que Júlio havia solicitado o encerramento da sua conta conosco. A parte da explicação dizia algo sobre ele ter aceitado uma proposta em outra cidade ou país. Paulo ainda não tinha os detalhes.

A vida estava uma verdadeira droga. O trabalho era monótono. A insônia voltara com força total. Mal via minha família nos últimos meses e a Fernanda não aguentava mais minha vida "sem vida". Dizia que eu estava vivendo no automático. Que estava anestesiado.

Ela já não tinha mais tanto tempo para minhas frescuras. Havia conhecido uma pessoa e estava namorando sério. Ir me socorrer aos finais de semana deixaram de ser uma opção. Estava feliz por ela. De verdade. Mas estava ainda mais sozinho do que nunca.

Ao sentar em minha mesa algo me chamou a atenção. Era um convite grande e clássico. Meu nome estava escrito com uma caligrafia impecável. Havia um recadinho da Renata que dizia: "Já confirmei sua presença".

Abri o envelope e lá estava: um convite para a apresentação de despedida de Júlio. Ele estava deixando a orquestra sinfônica de São Paulo. Tinha aceito dar aulas em "Juilliard Scholl" no próximo semestre. Paulo havia negociado o fechamento de sua conta e me informou dos detalhes quando soube. Enfim ele voltaria para Nova York.

Paulo interrompeu meus devaneios.

– Ah! Você já viu o convite? E aí? Gostou? – Usamos aquela nova gráfica. O projeto precisava de

Capítulo 21 – O Convite

solidez sem perder o clássico. Precisava ter a cara do Júlio. Por falar nisso estamos organizando de irmos todos juntos...

Parei de ouvi-lo. Não estava interessado nos mínimos detalhes. Sabia que a agência estava organizando esse evento. Lógico. Mas eu não tinha a mínima pretensão de comparecer. Ainda mais depois do meu péssimo comportamento com o Júlio por causa da foto.

Mas pelo visto alguém estava intervindo. Precisava ter uma conversa com a Renata sobre o que ela realmente sabia.

Olhei novamente para o convite. Um papel branco de gramatura alta, que havia sido escolhido. Havia um papelão entre a frente e o fundo como se fosse um "recheio", um miolo. As laterais eram pretas. A impressão misturava letras clássicas e modernas numa impressão chumbo. O formato era grande e quadrado. Realmente a cara do Júlio, sua personalidade impressa.

– Mauro, Mauro... – chamava Paulo.

– Sim! Podemos organizar de irmos todos juntos. Farei o possível para acompanhá-los. O convite realmente ficou lindo. – Respondi olhando para o convite sério como se analisasse o resultado. Como era conhecido por ser detalhista, sabia que Paulo não percebera nada.

– Falou! Vamos combinar tudo e envio um e-mail para você. – Parou na porta como se lembrasse de algo e se virou – Cara! Na boa, você precisa de férias urgente!!! Se organiza aí e me fala. Posso levar a agência sem você por algumas semanas. – E saiu para o corredor sem esperar qualquer resposta minha.

"Ótimo!" – pensei. "Não estou enganando mais ninguém mesmo". – E voltei ao trabalho. Deixaria para conversar com a Renata em outro momento.

CAPÍTULO 22

A Despedida

O grande dia chegou. Todos na agência estavam eufóricos. Com seu jeito simpático e educado, Júlio havia cativado a todos, até quem não fazia parte da equipe do Paulo tinha sido conquistado. Como a Renata por exemplo.

Foi uma semana insuportável de se trabalhar com ela. Ela falou o tempo todo e todos os dias dessa maldita apresentação. Perguntou se eu havia reservado o smoking, perguntou como era o Júlio pessoalmente – confesso que essa pergunta pareceu cheia de suspeitas –, perguntou como era ouvi-lo tocar... Enfim... Com ela se comportando desse jeito, achei melhor deixar a minha conversa sobre o que ela sabia ou deixava de saber para lá.

    Mas eu queria ir na apresentação. Eu queria ver o Júlio uma última vez. Estava com saudades dele. Muitas saudades. Foi difícil aceitar os meus sentimentos e sabia que esse encontro, mesmo que sem conversar com ele, seria uma facada em meu peito.

    Paulo também me enlouqueceu durante a semana da apresentação. Sabia que haveriam possíveis futuros clientes e achava importantíssimo nossa presença em peso nessa apresentação. Tinha grandes pretensões de ganhar algumas contas com as indicações de Júlio.

    Encontrei a equipe em peso numa fileira reservada, praticamente inteira para a agência. Era a 3ª fileira no centro de frente para o palco. A minha poltrona era a 1ª do corredor. Sentamos todos e aguardamos pela apresentação. Felizmente Renata e Paulo estavam na outra extremidade da fileira. Me dariam uma folga, finalmente.

    Júlio foi posicionado no centro da orquestra em destaque. Também estava vestindo smoking como os demais músicos. Os cabelos estavam bem penteados com gel. Seu rosto ruborizado já era marca registrada. Parecia 10 anos mais jovem.

Capítulo 22 – A Despedida

O concerto começou. Foram 8 músicas. Todas clássicas e emocionantes. Não tirei os olhos dele. Ele estava totalmente entregue a arte. Era um talento nato mesmo.

No fim da apresentação os convidados especiais foram direcionados para uma sala vip, onde encontraríamos a imprensa, os músicos e os patrocinadores. Fomos Paulo, Lopes e eu para essa sala. Estava tomada por convidados. Grandes críticos estavam sendo paparicados pelos patrocinadores e alguns agentes. Avistei a Melissa conversando com um deles. Os músicos ainda não haviam chegado. Bebidas e comidas estavam sendo servidas. Taças de espumantes surgiram em nossas mãos. Paulo puxou um brinde.

– A uma grande conta que rendeu ótimos frutos!!! – e levantou a taça. Brindamos.

Logo uma salva de palmas começou na outra extremidade da sala. Os músicos estavam entrando. Júlio vinha na frente, afinal era sua despedida. Era um grande ganho para a orquestra ter um membro representando o país, dando aulas em "Juilliard Scholl". Todos estavam muito orgulhosos.

Estava sozinho no fundo da sala a direita, quando o vi se aproximar. Júlio vinha em minha direção com duas taças de espumante nas mãos. Entregou uma para mim e levantou a outra para brindamos. Olhos nos olhos.

– Tenho que agradecer toda a sua equipe. Foram meses de um grande trabalho. Um material fantástico que me ajudou a chegar onde queria. – Disse em tom sério e profissional. Tomou um gole de sua taça.

Porém, suas expressões faciais contradiziam seu discurso. Seus olhos estavam fundos e transmitiam cansaço. Eles se mostravam mais velhos que a idade. O brilho jovial havia sumido. Senti uma grande vontade de tomá-lo em meus braços. Abraçá-lo. Comemorar essa conquista. Vibrar.

Não podia deixá-lo ir sem falar com ele. Precisava disso. Precisa dele mais uma vez.

– Você merece! – retruquei animado – De volta a Nova York! – levantei outro brinde e continuei – A apresentação foi perfeita! Sua apresentação foi perfeita! – refiz a última frase com tom de segundas intenções e olhei para ele que parecia confuso.

Bom, eu também estaria. Que tipo de pessoa eu era? Ora quero me afastar, ora dou a entender que temos alguma chance. Balancei discretamente a cabeça para tentar me situar. Estar na sua presença bagunçava meus pensamentos.

Capítulo 22 – A Despedida

Aquele lugar estava ficando claustrofóbico. Ver Júlio. Sentir aquele calor. Aquela energia que nos conectava. Não dava para ignorar tudo isso. Uma eletricidade atravessou meu corpo. Achei ter visto um breve brilho tomar seus olhos, quando desviou o olhar e foi tomado pelos cumprimentos de outros presentes. Fui me afastando discretamente. Achei melhor ir embora.

CAPÍTULO 23

A Foto

Semanas se passaram. Júlio estava virando assunto antigo na agência. Os fantasmas me deixaram finalmente. Estava quase recuperando o ânimo, mas pensar em Júlio continuava difícil e cada vez mais constante.

Eu estava quase me convencendo sobre a sugestão de Paulo de tirar férias. A agência estava em ótima forma. Nossa equipe estava alinhada. Tinha certeza que eles conseguiriam absorver parte das minhas atividades.

Assim poderia viajar um pouco. Esquecer os problemas. Relaxar. Tudo isso parecia uma ótima ideia, ainda mais depois de toda essa confusão que durou meses.

Fui trazido a realidade ao entrar na minha sala. Sobre minha mesa havia uma caixa. Um embrulho sofisticado em tons de cinza, com um grande laço em volta. Havia um cartão branco sem nada escrito no envelope. Abri.

"We were born sick. You heard them say it. My church offers no absolutions. She tells me: Worship in the bedroom. The only heaven I'll be sent to. Is when I'm alone with you. I was born sick, but I love it".

Não tinha assinatura. Não precisava. Eu conhecia essa música. Era triste, verdadeira e linda.

Abri a caixa trêmulo. Nunca havia recebido uma declaração de amor. E aquela era sem dúvida uma declaração. Nunca havia amado.

"Depois de tudo que eu fiz ainda havia esperança? Ele não desistiu de mim!?" – desejei.

Mas não podia se agarrar a isso. Meu coração estava em frangalhos desde o último encontro na apresentação que não tivera coragem de dizer adeus.

Para minha surpresa, havia uma passagem para Nova York para dali a dois dias. Não tinha data de volta.

Capítulo 23 – A Foto

"Isso era uma chance!?" – desejou ainda mais.

Ao tirar a passagem de dentro da caixa percebeu algo no fundo: havia um pequeno porta-retratos com uma foto. Eram os dois juntos sorrindo. Estavam naquela boate, dançando. Não se reconheceu na foto. Tinha tanta felicidade naquele sorriso. Como poderia ser dele.

"Mas como..." – pensou em como ele teria conseguido essa foto. E lembrou dos vários amigos dele que estavam presentes naquela noite. Um deles deve ter tirado a foto.

Ficou olhando para a passagem numa mão e a foto na outra. O trecho da música tocava em sua mente, juntamente com a voz de Paulo cobrando que ele marcasse férias...Levantou-se e foi até a porta chamar Renata que entrou apressada na sala.

– Fecha a porta. – Disse em tom seco. Estava um pouco emocionado e queria disfarçar.

Ela fechou a porta atrás de si e ele continuou – O que você está escondendo de mim? – perguntei enquanto apontava para a caixa sobre a sua mesa.

Renata ficou completamente vermelha, contrastando com seus cabelos verdes. Olhou da caixa para Mauro. Suspirou derrotada e disse sem parar:

— Ele conversava comigo. Queria saber de você, dos seus dias, compromissos, rotinas... Eu percebi que tinha algo no ar, por que você voltou diferente de Nova York e ele estava interessado nessas coisas... – fez uma pausa para tomar fôlego e continuou. – Mas com o tempo percebi que ele estava triste, muito triste. Já não vinha na minha mesa quando tinha reunião na agência. Tentava esbarrá-lo no café ou abordá-lo depois de alguma reunião, mas ele estava sempre com pressa. Bom... Não precisei ser "um gênio" para perceber que o seu humor também ficou bem pior nesse período. – Disse com ar de inteligente. – Eu só tentei dar uma ajudinha com a história do concerto, confirmando sua presença, mas eu não tenho nada a ver com isso aí. – E apontou para a caixa sobre a minha mesa, como quem se desculpa.

Não sabia o que pensar. Se não fosse o convite do concerto não teríamos nos visto, e ele talvez não teria enxergado uma chance, uma brecha, que nem mesmo eu sabia que existia. Ele realmente tinha o dom de ver através de mim. E se não fosse a Renata...

— Vou sair de férias. – Comuniquei. – A partir de amanhã e ficarei 30 dias fora. Preciso de hospedagem em Nova York. Pode ser o mesmo hotel da

Capítulo 23 – A Foto

última vez. Tente o mesmo quarto inclusive – ela me olhou incrédula e eu ignorei. – Passe todas as minhas ligações para o Paulo. Não retornarei e-mails, vou encaminhá-los para o Paulo também. Você pode assumir as minhas contas nas reuniões junto com Paulo. Só você poderá me ligar no celular, mas faça só se for caso de vida ou morte, ok?

Ela ficou parada olhando como se os pedidos fossem completos absurdos. Eu estava ciente que acabara de ignorar tudo que ela falou. Olhei de volta para ela e sibilei um "Muito Obrigado" – um sorriso se formou em seus lábios satisfeita. Quando ela alcançou a porta se virou e disse: "– Seja feliz!" – e saiu.

Chamei Paulo.

– E aí? O que manda? – disse Paulo jogando-se na cadeira como de costume.

– Vou aceitar sua sugestão de férias. A partir de amanhã estou de folga. – Olhei para ele sorrindo largamente.

Ele quase caiu da cadeira que estava equilibrando apenas com as pernas de trás. – Como assim? Pedi para você organizar umas férias não sair de repente?

– Bom... Você disse que eu estava estranho, desconcentrado. Tenho que concordar. Precisamos

aproveitar esse bom momento. A Renata vai te colocar a par das minhas contas e vai acompanhá-lo em todas as reuniões. Ela está pronta para esse desafio.
– Acalmei-o. – Vamos repassar meus projetos.

Logo estávamos repassando briefings e o cronogramas das minhas contas. Na sequência enviei e-mails para os meus clientes, avisando sobre minha ausência. Fazia anos que não tinha férias. Sinceramente nem lembro quando fora a última vez que tive férias. Precisava avisar a Fezinha. Mas só queria ir para casa fazer as malas. Aquela antiga energia tomou conta do meu corpo. Queria encontrá-lo, vê-lo, recomeçar, pedir perdão.

CAPÍTULO 24

Decisão

A conversa com a Fernanda foi um alívio. Só lembro dela berrando do outro lado do telefone dizendo "finalmente!". Até imaginei ela levando as mãos para o alto quando disse isso. Já não falava com minha família há meses. Achei mais fácil mandar uma mensagem de texto avisando que estaria fora, sem grandes comentários.

A espera no saguão do aeroporto foi interminável. Optei por não tomar remédios para dormir dessa vez. Queria pensar em tudo que diria quando encontrasse Júlio. Queria estar sóbrio para o reencontro.

Desembarquei às 6:00 da manhã. Deixaria as malas no hotel, que estava reservado desde ontem, para poder fazer check-in cedo. Queria tomar banho e sair. Precisava encontrar Júlio imediatamente. Não estava acreditando que larguei tudo e estava a quilômetros de distância para resolver algo que nunca deveria ter deixado escapar. Me senti muito estupido.

No táxi mandei uma mensagem para Júlio. Não fazia ideia de onde encontrá-lo. Não sabia se as aulas já estavam iniciadas e nem onde ele morava.

Saltei do taxi e entrei no lobby do hotel. Fiz o "check-in", corri para o elevador. Nada do Júlio retornar minha mensagem. Estava entrando em pânico.

A Renata havia conseguido o mesmo quarto de meses atrás. Eram muitas recordações. Me sentia querendo retomar tudo de onde parei. De onde nunca deveria ter fugido. Me sentia tomado de esperança. A vida estava me dando uma segunda chance. Não tinha certeza se a merecia. Mas faria de tudo para não deixá-la escapar. Como disse a Fernanda: "– Aprenda alguma coisa com essa merda toda!".

Passei o cartão e a porta destravou. Trouxe apenas uma mala. Estava muito ansioso para pensar

Capítulo 24 – Decisão

em todas as roupas que usaria em 30 dias. Se é que ficaria esse tempo todo.

"Cadê o Júlio!?" – pensei checando meu celular enquanto entrava no quarto.

Quase tive um enfarte ao vê-lo sentado no sofá da antessala. "Como?" – Algo me dizia que a "dona Renata" havia intervindo mais uma vez.

Olhei para ele que estava totalmente sem jeito. Suas mãos esfregavam as laterais das coxas. Estava de moletom preto e camiseta preta. Parecia ter saído de um catálogo fitness. Nossos olhos se encontraram. O brilho definitivamente havia voltado. Coloquei a mala de rodinhas para dentro e fechei a porta atrás de mim.

Caminhei lentamente para o seu lado no sofá. Sentei. Ele ficou parado. Respirando baixo. Aguardei. Me virei no acento. Coloquei uma das pernas sobre o sofá e fiquei olhando a lateral do corpo de Júlio. Ele estava de olhos fechados. Tive medo. Será que tudo estava perdido. Não tive coragem de quebrar o silêncio. Aguardei.

Pareceu uma eternidade quando Júlio abriu a boca.

– Achei que tinha te perdido. – Começou ele com uma voz fraca. Não parecia o mesmo Júlio de meses atrás. Respirou fundo. – Na verdade eu te perdi. – E virou o rosto para me encarar. Aqueles olhos cansados estavam lá novamente. Queria abraçá-lo, pedir perdão, dizer que ele nunca me perdeu. Mas me calei. Mais uma vez faltou coragem.

Minutos se passaram. Nada foi dito. Só nos olhamos.

– Sabe Mauro... – a voz ganhou mais vida. Meu Júlio estava voltando. – Eu sofri muito nos últimos meses. Eu me apeguei as suas desculpas, me pedindo para ter paciência com você, caso fizesse "merda"! Mas você não parava de me afastar. Você não parava de fingir ser quem não era. Não parecia o mesmo que me contou histórias. Que abriu o coração. Tentei de tudo e você não percebia nada. Parecia que estava anestesiado. Não sabia mais o que fazer. Foi quando desisti de você. Isso acabou comigo. Tentei levar minha vida. Me dei outras chances. Mas você não estava lá. Aquela energia não estava lá. Aquele sorriso não estava lá. – Sua voz falhou como quem perde o ar.

Me lembrei da foto. Pensei em quantas vezes ele deve ter visto nossa felicidade ali para ter esperanças. "O que você fez!?" – pensei. Me sentindo cruel. Respirei. Precisava consertar a gente. Precisava ter coragem uma vez na vida. Fechei os olhos e comecei.

Capítulo 24 – Decisão

Precisava dizer tudo que repassei mil vezes em minha cabeça vindo para cá.

— Júlio, não houve um dia sequer nesses últimos meses que eu não tenha pensado em você. Você estava lá o tempo todo. Eu fui cruel. Tentei te arrancar de dentro de mim. Mas não consegui. Me odiei. Te odiei. Senti muito ciúmes quando você tentou me esquecer. Eu sabia que estava sendo egoísta por sentir ciúmes. Tentei acreditar que você merecia alguém melhor do que eu. Me afastei ainda mais. Não percebi que só aumentava a dor. O buraco. Eu sinto muitíssimo. Gostaria de poder voltar e fazer tudo diferente, mas não posso. Precisei aprender do pior modo. Precisei te perder para me achar.

Meu rosto estava molhado. Lágrimas teimaram em escapar. Júlio me olhava. Seu rubor voltou. Seus olhos brilhavam. A eletricidade passou por mim. Senti seu calor. Senti o seu aroma. Como senti saudades de nós. Precisava continuar.

— Esses meses foram um verdadeiro inferno para mim. Mas acho que precisava chegar ao fundo do poço para perceber o que eu desejava. — Fiz uma longa pausa, suspirei fundo e continuei. — Eu decidi vindo para cá que não perderia essa chance. Que não deixaria passar. Não faço ideia de onde essa história vai "nos" levar – e fiz ênfase na parte que indicava que estávamos juntos – mas eu estou pronto. Quero uma vida de verdade. Estou disposto a enfrentar todas as barreiras do caminho, se você estiver ao meu lado. – Olhei para ele com esperança.

O brilho em seus olhos aumentaram consideravelmente. Um sorriso no canto dos seus lábios havia se formado. Era o sinal que precisava. O desejo me tomou. Voei para cima dele. Beijei-o como nunca. Beijo de saudades. Beijo de desejo. Beijo de luxúria. Beijo de dor. Eu queria mais. Eu queria parar o tempo e ficar ali para sempre.

Quando nos afastamos, Júlio também tinha lágrimas no rosto. Não soube dizer se eram as minhas ou se ele também chorou. Um sorriso largo surgiu. Ele parecia aliviado.

Me entreguei e me perdi ali. Onde eu era certo. Onde eu estava completo. Onde meu sorriso era franco. Onde o amor somava.

FIM

Agradecimentos

Fui inspirada de diversas maneiras para escrever este livro, foram músicas, cafés com amigos, filmes, outros romances lidos e escritos (rs), histórias reais... enfim... tudo para chegar até aqui.

Mas, têm duas obras em especial que me tocaram profundamente, e durante a escrita suas lembranças vieram em minha mente: o filme "Hoje Quero Voltar Sozinho", de Daniel Ribeiro (2014), que tem uma passagem da descoberta adolescente sobre o amor e a música "Take Me To Church", de Hozier (2014), onde o clip mostra a intolerância da sociedade sobre o ser "diferente".

Onde o Amor Está

Sinto-me muito grata por conseguir transformar meus sentimentos e toda essa inspiração, numa história como essa. Deixei muitos amigos curiosos, querendo ser o primeiro a ler e agora terei a satisfação de conhecer seus comentários e opiniões.

E por fim, o mais importante de todos, muito obrigada ao meu marido que sempre apoiou incondicionalmente minhas ideias. Ele é sempre o primeiro a ler e comentar tudo que escrevo. Amo esse meu leitor número 1!

Distribuição exclusiva

www.aquarolibooks.com.br